POR UN PIOJO...

Luis Coloma

Perpleja estaba aquella mañana Pepita Ordóñez sentada en su tocador, con dos cartas, una en cada mano. Dejolas al fin sobre un acerico erizado de alfileres, y, apoyando ambos codos entre la multitud de cachivaches que ocupaban la mesa de un Pompadour algo turquesco, fijó esa mirada sin vista conque la juventud contempla las ilusiones, en la luna del espejo. Allí se reflejaba su carita de muñeca de china, coronada por dos papillotes que levantaban sobre su frente sus cuatro puntitas de papel, como otros tantos erguidos cuernecitos.

Indudable era que Pepita Ordóñez soñaba despierta, paseándose por los floridos jardines que había hecho brotar en su imaginación alguna de aquellas cartas. Era ésta un billetito triangular, de un rojo subidísimo, márgenes negros, letra de mujer en el sobrescrito, de rasgos firmes y elegantes, y un diablito negro por sello, muy primoroso, montado en un velocípedo.

No por esto olía a azufre: apestaba a oppoponax, esencia entonces muy en boga, y bien merecía por todo su aspecto contener la cita de alguna cocotte en el kiosco de Saint-James. Nada de esto contenía sin embargo: las honradas damas españolas acogen con tanto afán las chucherías venidas de Francia, que no se cuidan de inquirir el mayor o menor decoro de su procedencia.

Suele decirse que detrás de la cruz está el diablo, y en aquella carta sucedía al revés: delante estaba el diablo y detrás la cruz, al frente de lo escrito, hecha con dos rasguitos muy devotos. Debajo decía:

«Mi querida Pepita: Anoche llegó Pepito de Bruselas...»

Aquí dejó escapar Pepita Ordóñez ese pequeño grito, corto, stacatto, propio de las mujeres nerviosas cuando se asustan, alegran o sorprenden: luego continuó leyendo con avidez progresiva:

«...y como hoy es jueves de compadres, quiere mamá celebrar la llegada de nuestro diplomático con una reunión de íntima confianza: echaremos las cédulas, se bailará un poquito y pasaremos un rato muy agradable, sobre todo si tú vienes. Pepito me ha preguntado mucho por ti, y está deseando verte. Si vienes temprano, antes que empiece a llegar gente, te enseñaré despacio el portbonheur1 que me ha traído Pepito de París y pienso estrenar esta noche: es precioso. Dice Pepito que vio a la princesa de Metternich uno lo mismo, lo mismo. Tengo mucha prisa y concluyo, porque mamá me ha dado el encargo de hacer yo las invitaciones para dar a la velada un sello de mayor confianza. Tuya afectísima amiga del alma,

MERCEDES, enfant de Marie».

Nerviosa y fuera de sí dejó Pepita la carta, sin notar que aún no la había terminado; faltaba esta postdata:

«Excuso decirte que tendremos mucho gusto en que te acompañe también tu prima».

Pero ya Pepita Ordóñez navegaba a velas desplegadas por las caprichosas ondas de su fantasía, sin cuidarse poco ni mucho de la prima anónima... Pepito había llegado, preguntaba por ella, deseaba verla, y era el Pepito en cuestión un guapísimo muchacho de veinticinco años, rico, conde, de talento, diplomático, que volvía de Bruselas decidido a casarse en su ciudad natal, donde es fama que saben ser las mujeres excelentes madres de familia. Sin titubear un instante, se aplicó Pepita Ordóñez aquel oportuno dístico:

> *Yo me llamo Pepita y tú Pepito...*
> *¡Qué matrimonio tan igualito!!!*

Y dando ya por convencida a la Providencia divina y por avisada a la Vicaría, comenzó Pepita Ordóñez a arreglar el porvenir con prudencia exquisita. Indudable era que el hado bonachón la haría aquella noche comadre de Pepito, y una vez dado este primer paso, podía ya comenzar a escoger el trousseau, como comenzó en efecto por la corona de nueve perlas, la corona condal que había de regalarle Pepito...

Y no la quería ella en forma de diadema, porque eso estaba ya muy visto; quería que fuese corona entera, con zafiros, como la que había visto en Sevilla a la Condesa de la Tuna, en un baile del palacio de San Telmo; y como claro está que era poco delicado decirlo así descaradamente a Pepito, decidió insinuárselo con mucha delicadeza por medio de Mercedes, la cuñada futura, o quizá mejor de aquella prima anónima: era ésta tan sencillota, tan infeliz, que de seguro se prestaría con el alma y con la vida...

En el traje de boda no había que pensar, porque era cosa de cajón, raso, encajes, azahar, todo blanco; con él se retrataría para legar aquel recuerdo a sus hijos... y dar de paso un revolcón a Elvirita Pacheco. ¿Pues no había dicho la muy mentecata que era ella una cursi?... Y todo porque la tal Elvirita pasaba los inviernos en Madrid, con su tía la Marquesa... ¡Pues vaya una elegancia!... Ya le enviaría ella una fotografía de su retrato de novia, con una dedicatoria muy cariñosa, muy expresiva, para que rabiara de firme.

En cuanto al traje para el magnífico sarao con que había de solemnizarse el matrimonio, era menester pensarlo despacio. ¿Sería rosa o celeste?... Eran los dos colores que mejor le sentaban: el rosa la hacía un poco pálida, quizá fuera preferible el celeste... Asmodeo había dicho en la Moda Elegante, que la Duquesa del Pino, envuelta en gasas azules, recordaba a Anfitrite saliendo del seno de las olas. Pepita Ordóñez no sabía a punto fijo quién era Anfitrite; pero pensó preguntarlo a D. Recaredo Conejo, señor muy erudito, y se decidió al fin por el traje de color de cielo.

Quiso, sin embargo, hacer una última experiencia; pero no había por allí nada celeste... ¡Ah, sí!, allí estaba en un rincón un papel de seda de aquel color, que había servido para envolver velas de esperma... Pepita Ordóñez lo rodeó a su garganta, bajando antes el cuellecito de percal no del todo limpio que la cubría... ¡Magnífico! ¡Ravissant!... Ya podían irse a freír monas Anfitrite y Asmodeo y la Duquesa del Pino con sus olas del mar y sus espumitas; pues sólo con el papel de las velas de esperma, eclipsaba ella a todas las bellezas acuáticas y terrestres...

Y cuando entusiasmada consigo misma, sonreía Pepita Ordóñez a la carita de muñeca que reflejaba el espejo, y extendía la mano como para asir por la frágil punta de las alas aquellos rosados ensueños, echó a rodar sin advertirlo la otra carta compañera de la del diablito, que yacía olvidada sobre la mesa. La carta cayó al suelo, produciendo sobre el pavimento un chasquido mate, una especie de suspiro de papel, que parecía decir lastimeramente:

-¿Y así se porta V. conmigo, señora doña Pepita?...

Pepita se inclinó para recogerla... ¡Qué fastidio!, ¡tener que ocuparse de majaderías, cuando la embargaban a ella pensamientos tan serios!... ¡Y la tal carta tenía una facha!... Era el sobre basto y cuadrado, y con letras gordas y desiguales, decía: Señorita doña Josefa Ordóñez y prima, calle de las Narangas, núm. 8. El prima, aquel prima que lo mismo podía ser el segundo apellido de Pepita, que representar, como realmente representaba a la prima anónima que ambas cartas consignaban como postdata, como sombra, como apéndice de Pepita, hizo aparecer en los labios de ésta un mohín de enfado; y cuando sus ojos se fijaron en lo de Narangas... ¡oh!, ¡entonces!... entonces su pudor académico se sintió cruelmente ofendido, y rasgó el sobre con gesto de cólera, digno de Molins o Fernández Guerra.

Un pliego impreso con el sello azul de las Hijas de María apareció dentro: en él notificaba la Presidenta a la señorita doña Josefa y a la prima anónima, que a las ocho de la mañana siguiente, viernes 3 de Marzo, sería la Comunión general de las Congregantas en la iglesia de costumbre: suplicábales al mismo tiempo la puntual asistencia, advirtiéndoles que en la misma Misa comulgarían cincuenta ancianas pobres de las socorridas por la Congregación: habíase de servir luego por las mismas Congregantas un abundante almuerzo a todas las viejas, y terminaría el acto distribuyendo entre aquellas infelices varios lotes de ropa, como premio a su puntual asistencia al catecismo.

La noticia causó en Pepita Ordóñez el efecto de una ducha de agua fría, y en vano su imaginación comenzó a correr de nuevo por otros caminos, retratándole al vivo el interesante grupo de su lánguida beldad, conduciendo a una decrépita anciana a la sagrada Mesa, a la melancólica luz y con el ascético encanto de aquel ángel que pintó Murillo, sosteniendo a San Juan de Dios cargado con un pobre...

También era esto bonito, pero más le gustaba a Pepita Ordóñez lo otro; y enfurruñada, casi llorosa, retorciendo entre los dedos la esquela de las Hijas de María, se agitaba en el asiento... ¡Pues estaba bonito! ¡Vaya una oportunidad qué tenía la Presidenta! ¡Como si no pudiesen comulgar otro día cualquiera aquel medio ciento de viejas!... Porque el conflicto era cruel: o era necesario renunciar a la fiesta de la Condesa, o no asistir a la Comunión general, o acudir a ésta llevando como preparación la música, el baile, las cédulas de compadres y comadres de aquélla.

Pareciole esto al fin lo más aceptable; porque después de todo, ella no iba a hacer nada malo en casa de la Condesa: todo se reducía a retirarse un poquito más temprano, dormir un par de horitas, y hacer siete minutitos de examen de conciencia al tiempo de levantarse...

Lo malo, lo temible, era aquel P. Rodríguez, director espiritual de las Hijas de María, que siempre andaba a vueltas con aquello de que no caben en un solo corazón Dios y el mundo; y luego aquella prima, ojito derecho del P. Rodríguez, tan huraña, tan infelizota, que nunca había podido comprender los imperiosos deberes que impone la sociedad a una señorita elegante, y que por ningún concepto consentiría en acompañarla a una y otra parte... Porque si ella pudiera conseguir esto, quizá, quizá el P. Rodríguez no se atreviera a condenar en Pepita lo que hubiera querido justificar en su discípula predilecta.

Y entonces fue cuando pensando en ello, se quedó Pepita Ordóñez perpleja, con los codos apoyados sobre el tocador, fija la vista en su carita de muñeca de china, que reflejaba el espejo, con los cuatro cuernecitos de los papillotes erguidos sobre la frente.

Y entonces fue también cuando se abrió la puerta del aposento para dar paso a la prima Teresa, que este era el nombre de la prima anónima que en ambas cartas figuraba: traía en las manos dos pedazos de tela de ínfimo percal rameado con pésimo gusto, y poniéndolos ante los ojos de Pepita extendidos en forma de paño de verónica, dijo entre impaciente y burlona:

-¿Pero me querrás decir dónde has cortado aquí lo de arriba y lo de abajo?... Lo que es esto, lo mismo puede ser el corte de un gabán, que el de una funda de almohada...

Y al hablar así Teresa, inclinaba sobre el malhadado gabán su airoso cuello, torneado, un poco largo, como suelen verse en las vírgenes de Perugino.

II

Pocos conocían en Z.** a Teresa Ordóñez por su verdadero nombre: llamábanla siempre la prima de Pepita, porque la brillante personalidad de ésta oscurecía entre sus rayos de relumbrón a la modesta niña, como el vulgar reflejo de la concha de nácar eclipsa a los ojos ignorantes el suave mate de la rica perla.

Era en efecto Pepita Ordóñez una de esas elegantes de provincia, reinas de salones de segundo orden, que tienen por cetro un abanico, y por sesera un bote de pomada o una borla de polvos de arroz: astros de primera magnitud en el menguado cielo de una capital corta, que por no haber abarcado nunca horizontes más dilatados, creen igualar a esos otros astros de la moda, que tan sólo conocen por las almibaradas crónicas de los reporters del gran mundo.

Cuando Pepita Ordóñez leía en ellas que la Duquesa H.** había puesto de moda en París el color de gacela meditabunda, o que la Princesa X.** andaba en Niza con pantalones, sonreía con el mismo aire de inteligencia mutua y amistad recíproca con que sonreiría Francisco José a Guillermo de Prusia, o el Zar Alejandro al Emperador de Turquía, al ver ya dominio del público las combinaciones diplomáticas y los tratados secretos, firmados diez años antes.

Y hay en efecto entre estas reinas Semíramis y aquellas reinas Nanás, un rasgo común que establece entre ellas la proporcionalidad de las figuras geométricas semejantes, la uniformidad de la fórmula elíptica, que lo mismo expresa la inmensa curva que recorre Urano en el espacio, que la descrita por la cola de un gorrión al saltar de tejado a tejado. Nunca, ni en la corte ni en el cortijo, llegan a ser estas reinas de salón ángeles de ningún hogar; siempre castiga la maledicencia sus vanidades, transformando en faltas sus ligerezas y en culpas sus errores...

Teresa era por el contrario el reverso de la medalla: enemiga de figurar, retraída sin ser oscura, hacíase cargo de su triste posición, y ofrecía con respecto a Pepita el contraste de las líneas superiores del triángulo, que separadas del todo por la base, sólo se juntan en el vértice. Este vértice era en ambas jóvenes doña Angustias, madre de Pepita, tía de Teresa, excelente señora, tonta de capirote; pero de esas tontas bondadosas que disimulan sus necedades con los reflejos de su bondad, y deslustran su bondad con los matices de sus tonteras.

-Es muy buena... ¡pero es tan tonta! Es muy tonta... ¡pero es tan buena! -decían de ella amigos y enemigos, mezclando en mayor o menor proporción, según la benignidad de sus criterios, los dos ingredientes de bondad y tontería, que componían el ente moral de la viuda de Ordóñez.

A ella debió Teresa un pedazo de pan en la miseria, y un amparo en la orfandad en que vino a dejarla la muerte de su padre. Era éste jefe de escuadra, y mandaba uno de los departamentos marítimos de más importancia al estallar la revolución de 1868; mas al resonar en España aquel grito de traición y de anarquía, el honrado marino, el leal caballero, protestó enérgicamente, oponiendo esa noble resistencia individual, tanto más heroica, cuanto es más inútil.

Destituyole entonces el Gobierno intruso, enviándole de cuartel a San Fernando, y allí murió a poco, sin haber vuelto a vestirse jamás aquel uniforme que en la rectitud de sus principios, creía para siempre deshonrado. En su testamento encargaba a Teresa que lo enterraran vestido de paisano, y que si el Gobierno manifestaba deseos de tributar a su cadáver los honores que por su grado le correspondían, adelantase el entierro y depositaran su cuerpo en la capilla del campo santo. «Porque ni aun después de muerto, decía la cláusula, quiero recibir nada de traidores».

Teresa era digna hija de aquel hombre que llevaba en su blasón una barra de acero con este lema: Me rompo, pero no me doblo, y entonces se reveló por vez primera su carácter, enervado hasta aquel momento por la prosperidad, que no es madre, sino madrasta del alma; porque así como es necesario la presión para hacer estallar la pólvora, así es también necesario el infortunio para poner de manifiesto ciertas grandes cualidades que se ocultan en muchos corazones.

Cuando los hipócritas compañeros del general difunto acudieron a tributarle en muerte los honores que le habían arrancado en vida, la indignación secó las lágrimas de dolor en los ojos de la huérfana, y ella sola se opuso a todos, haciendo sacar secretamente el cuerpo de su padre y acompañándolo en persona al depósito general del cementerio, según la voluntad expresada en el testamento. El Gobierno vio en esto un acto de rebeldía política por parte de aquella huérfana que contaba a la sazón trece años, y contra toda justicia y todo derecho, la privó de la orfandad que le correspondía, dejándola en la miseria.

Tendiola entonces los brazos la viuda, y en ellos se refugió la huérfana, captándose de tal modo sus simpatías y su cariño, que a los dos meses publicaba doña Angustias por todas partes las virtudes de Teresa, diciendo con su bondadosa necedad:

-¡Pero qué alhajita de niña!... ¡Y qué talento tiene!... Ella sola arregla los visillos de mi casa...

Pepita, por su parte, acogió a la prima con el entusiasmo con que acoge una niña el regalo de una muñeca grande: pensó además la reina de salón encontrar en ella una dama de honor que pudiera llevar siempre a la cola, para confiarle el abanico y el pañuelo mientras ella valsaba. Pero bien pronto pudo convencerse de que, así en lo físico como en lo moral, sobraban a la dama de honor cualidades bastantes para arrebatarle a ella su corona de reina, y entonces comenzó a inspirarle Teresa ese amargo sentimiento, hostil hasta la crueldad, que suele degenerar en despotismo, y nace en el corazón del hombre mezquino cuando en sus relaciones con un subordinado tiene la superioridad material y la inferioridad moral.

Teresa comprendió al punto la causa de la mutación de su prima, y con ese refinado tacto de las personas discretas a la vez que desgraciadas, comenzó a evitar toda ocasión de hacer sombra a Pepita, huyendo para ello de la sociedad elegante que ella frecuentaba, y buscando su centro entre las amigas y beatas de medio pelo de las asociaciones piadosas, a que la llevaban su acendrada caridad y su religiosidad profunda.

Era una de estas asociaciones la de las Hijas de María, vulgarmente conocida con el nombre de las Señoritas del Ropero, y ocupaba en ella preferentemente la atención de Teresa, todo lo que al cuidado de los pobres socorridos se refería. En el caritativo taller de la Congregación, que dio origen al nombre de Ropero, era Teresa la oficiala más asidua en coser las ropas destinadas a los pobres, y Pepita, que gustaba de figurar así en lo divino como en lo profano, acudía también tijera en ristre, con el cargo de cortar camisas que parecían pantalones, pantalones con honores de chaquetas, y gabanes que al decir de Teresa, presentando un ejemplar de aquel género híbrido, podían servir muy bien para fundas de almohada.

Al oír Pepita Ordóñez la burlona pregunta de su prima, volvió bruscamente la cabeza y dijo con rabiosa ironía:

-¿Si será menester cortar los gabanes por los patrones de la Moda Elegante?... Y si te parece, que los cosa la modista y les ponga entredoses de guipure, y golpes de pasamanería...

Teresa fijó en Pepita sus grandes ojos negros, y comprendiendo que no estaba la Magdalena para tafetanes, y mucho menos para gabanes, se puso a combinar en silencio los informes pedazos del gabán rameado.

-Y te digo -añadió Pepita Ordóñez cada vez más encolerizada- que estoy ya de gabanes, y de camisas, y de chaquetas, y de Señoritas del Ropero, hasta la punta de los cabellos...

Y al decir esto, se tiraba la señorita con bastante precaución de las puntas de sus papillotes.

-¡Yo no sé en qué piensa esa Presidenta!... ¡Lo que allí pasa, no pasa en ninguna parte!... Mira... mira...

Y Pepita Ordóñez, haciendo un esfuerzo como si tocara un reptil, tiró en las faldas de Teresa el sobre rasgado de las Hijas de María. Teresa leyó el sobrescrito después de registrarlo por dentro y por fuera, y dijo con mucha calma:

-Será el aviso de la Comunión de mañana. ¿Y qué tiene?... ¿Te parece temprano?...

-¡Si no es eso, hija -exclamó Pepita hincando con tal furia la uña en el papel, que le hizo un agujero-. ¡Mira! ¿No ves que dice Narangas?...

-¡Vaya, mujer! -exclamó Teresa riendo-. ¿Quién le va a pedir perfiles ortográficos a la pobre Rosita Piña?...

-Pues si no sabe escribir, que escarde cebollinos en vez de redactar cartas... ¡Una secretaria que escribe Narangas!... ¡Vamos, yo me borro de la Congregación! ¡Me borro!...

-Pues ya puedes borrarte también de la tertulia de Mercedes Pineda -replicó vivamente Teresa- porque en tres renglones que te escribió el otro día, le cogí dos faltas garrafales.

-¡No es cierto! -gritó sulfurada Pepita-. Mercedes habla muy bien francés, y por eso se equivoca cuando escribe en castellano; lo cual es muy distinto. Y si no, aquí tienes una carta suya: léela, que te interesa...

Y Pepita Ordóñez, creyendo encontrar ocasión propicia, entregó con mucha diplomacia a su prima el rojo billetito triangular de Mercedes Pineda. Tomolo Teresa con cierta sonrisa de condescendencia, y al notar el diablito montado en un velocípedo que servía de timbre, dijo con mucha sorna:

-¡Mujer, qué monada!... ¡Poner al diablo por timbre de una carta!...

-¡Pues vaya una burla tonta! -replicó Pepita-. Si querrás que ponga un hisopo y un bonete...

-Entre poner un hisopo y poner un diablo, se pueden poner mil cosas que no choquen a nadie -respondió gravemente Teresa.

Una sonrisa maliciosa entreabrió sus labios al terminar la carta: hízose cargo del conflicto en que las dos invitaciones ponían a Pepita, y comprendió al punto el mal humor de ésta, sus invectivas contra la Congregación y sus repulgos ortográficos. Comprendió también el ataque que le esperaba a ella misma, y poniéndose desde luego en guardia, se echó a reír a carcajadas:

-¡Me borro, me borro, me borro! -decía imitando los ridículos aspavientos de su prima.

-¿Pues qué hay?...

-¡Ahí es nada!... Una señorita que convida para un baile y escribe ¡Port-bonheur! -continuó Teresa mostrando esa palabra escrita en el billete-. Te digo que Mercedes disparata en castellano cuando escribe en francés, y desbarra en francés cuando escribe en castellano.

Pepita Ordóñez arrebató la carta a su prima y se puso a buscar en ella la malhadada palabra.

-Sí, sí, mira, mira -prosiguió Teresa triunfante-. Port-bonheur, en vez de Porte-bonheur... Bonita manera de tomar el rábano por las hojas... Port, es puerto, hija; y Porte, lleva... Eso es peor en Mercedes, que en Rosita Piña escribir Narangas...

Y riéndose a carcajadas, gritaba en medio de su risa:

-Nada, nada; me borro de la Congregación de Merceditas, y no seré yo quien vaya allí en busca de compadre...

-¿Pero de veras no vas a venir? -exclamó Pepita dispuesta a comenzar la batalla.

-¿Pero no ves que escribe Port-bonheur?... ¿Cómo he de poner yo los pies en esa casa?...

-Pues harás una grandísima grosería, desairando una invitación que nos hacen.

-¡Bah! -replicó Teresa cambiando de tono-. No los matará el sentimiento: la misma falta hago yo allí, que los perros en Misa.

-En eso no vas descaminada -repuso incisivamente Pepita- pero nos pones a mamá y a mí en el compromiso de que crean las gentes que te dejamos siempre en casa como a la puerca Cenicienta.

Teresa miró a su prima, y se echó a reír con cierta amarga socarronería; pero como a fuer de buena andaluza era guasona, y sobre tener cierto maligno gustito en hacer rabiar a su prima, sabía por otra parte que sólo tomándolas a broma podían eludirse las despóticas exigencias de Pepita, abrió mucho los ojos, infló los carrillos y dejó escapar con gran solemnidad otro burlón:

-¡Port-bonheur!

-¡Cuidado que estás tonta, y necia, y pedante, con la palabreja! -gritó fuera de sí Pepita-. ¿Si querrás saber francés mejor que Mercedes?... ¿Te lo ha enseñado el P. Rodríguez o Rosita Piña?...

-¡Port-bonheur! -volvió a repetir Teresa entornando los ojos y echando bocanadas de viento.

-Si se tratase de capas pluviales o de zurcir medias de clérigo, ya podrían darte lecciones; pero lo que es de eso...

-¡Port-bonheur! -tornó a decir Teresa. Como quien dice, puerto de felicidad... Pues mira que estaría bonita la princesa de Metternich con un puerto colgado al brazo con sus barquitos y todo...

Pepita Ordóñez no pudo sufrir más tiempo que se burlasen de su querida Mercedes y de su colega la princesa de Metternich, reina ya un poco averiada del gran mundo parisiense, y gritó pálida de ira:

-Lo que tú tienes es una envidia que te come, porque te encuentras a nuestro lado siempre en segunda fila...

Teresa sintió en la punta de la lengua el hormigueo de las grandes desvergüenzas: contúvose, sin embargo, y lanzó a la cara de Pepita, a guisa de proyectil, otro burlón:

-¡Port-bonheur!

-Y si no vienes a casa de Mercedes, sé yo muy bien por lo que es: por los escrúpulos de beata mal intencionada, de santita hipócrita, aduladora del P. Rodríguez... Por la Comunión de mañana.

Teresa miró cara a cara a su prima, y dijo acentuando mucho las sílabas con burlona firmeza:

-¡Justo, justo, justito!...

-¿Lo ve V? ¿Lo ve V.? -gritó la otra- éstas son las santitas... Nosotras las pecadoras vamos a un baile, y luego a recibir a Dios como si tal cosa; porque claro está, no hacemos allí mal ninguno... Pero estos ángeles, estas santas canonizadas, no pueden, no se atreven. ¡Qué pecadazos no cometerán ellas, cuando tales miedos les entran!

-¡Figúrate tú! -replicó con sorna Teresa,

-Si no es menester que me lo figure; si yo lo sé; si conozco tus gazmoñerías mal intencionadas para ponerme a mí en ridículo, para echarla tú de niña hacendosa y recogida, y que me digan a mí la mesilla del turrón, porque ando en todas partes...

Así llamaban en efecto a Pepita, a causa de hallarse siempre en todas las fiestas, así divinas como profanas, a la manera que en las romerías andaluzas no faltan nunca los vendedores de avellanas y turrón, con sus mesitas ambulantes. Teresa, que ignoraba el apodo, se echó a reír muy de veras, diciendo con mucha gracia:

-Pues tiene chiste el nombrecito... Vaya, que la gente hace justicia.

-¡Ya lo creo que hace justicia! -repuso Pepita-. Por eso, a pesar de tus artimañas de mujer caserita, no has encontrado a quien hacer tragar el anzuelo... Como no te cases con tu amigo Minuto, el sacristán de San Marcos...

-¡Buen partido! -dijo con burlona formalidad Teresa-. Viudo con siete hijos y una renta de cabos de vela y zurrapas de vino de Misas... Como se me llegue a declarar, a los ocho días me caso.

-Y harás bien, hija mía, porque las demás uvas están verdes, y por mucho que hipocritees, ya sabes: aunque la mona se vista de seda... Teresa se queda.

-¿De seda? -replicó Teresa con cierto tono entre despreciativo y amargo-. Ni un solo vestido tengo; el último que tuve me lo compró mi padre.

Pepita pareció no comprender lo que con esto quería decir Teresa, y levantándose como para poner término a la conversación, dijo empinando el dedo:

-¡En resumidas cuentas! ¿Vienes o no vienes a casa de Mercedes?...

Teresa guiñó un ojo, torció la boca, y meneando en señal de negativa la cabeza, al mismo tiempo que el dedo índice de la mano derecha, dijo con voz de polichinela:

-¡No... no... y no!...

-¡Pues lo veremos! -gritó Pepita dirigiéndose furiosa a la puerta-. Ya se lo diré a mamá, y ella te hará bajar la cabecita... No faltaba otra cosa sino que fuese tu voluntad el árbitro de esta casa... Soberbia, hija mía, soberbia que te va a llevar al infierno, aunque te agarres a la sotana del P. Rodríguez...

-Gracias por el aviso, primita -contestó Teresa-. Huye de la soberbia, dijo el pavo.

Y se puso a hilvanar con gran sosiego las informes mangas del gabán rameado.

III

El mal humor, no quitó sin embargo a Pepita Ordóñez su ordinario apetito: encapotada, mohína y sin hablar palabra, almorzó aquella mañana tres chuletas de carnero y dos pares de huevos fritos. Sus dientecitos de perlas, un poco ralos, desgarraban las chuletas con la avidez y el empuje de cualquier gañán, y los huevos fritos desaparecían también en silencio, como una de esas pasiones vergonzosas a que se entregan los grandes hombres, buscando el mayor secreto. Su pasión por los huevos fritos recordaba a Pepita de continuo que estaba hecha de la misma arcilla que cualquiera prosaica Maritornes.

Teresa, por el contrario, espontánea y comunicativa como siempre, refirió a doña Angustias todos los pormenores de la fiesta que para el día siguiente preparaban las Hijas de María. Escuchábala la buena señora complacidísima, interrumpiéndola a veces con alguna sandez de las que de continuo colgaban de sus labios. Pepita callaba, comía y rabiaba, y nada se había hablado hasta entonces de la reunión de la Condesa, ni del billetito de Mercedes.

-¡Tendrá que ver eso! -dijo doña Angustias con su necedad crónica-. Veinte viejas comulgando...

-No son veinte, tía; son cincuenta.

-¡Mujer! -exclamó doña Angustias.

Y se quedó muda de pasmo, con la boca abierta y las cejas enarcadas, porque uno de los rasgos característicos de doña Angustias consistía en estar pasmada de continuo, y tan sorprendente era para ella la noticia de que estaba lloviendo, como hubiera podido ser la de que los cocodrilos del Nilo anidaban en el Guadalete. A todo contestaba siempre ¡mujer!, aunque fuese hombre el que hablara, y la tensión de sus cejas y la abertura de su boca, marcaban la intensidad de su pasmo.

-¡Cincuenta viejas comulgando! -exclamó al fin doña Angustias. Lo que es yo, no falto a eso... ¿A qué hora vas tú?...

-Yo iré tempranito con Rosita Piña -contestó Teresa-. Iré a eso de las seis, por si ocurre algo.

-Entonces iré yo más tarde con Pepita... ¿No es verdad, niña?...

La niña metió la cara en el plato, y contestó secamente:

-No sé si iré... Estoy un poco constipada...

Y una tosecita que parecía salirle de las orejas, vino en aquel momento a estremecer de lástima las puntas de sus papillotes.

Pasmose de nuevo doña Angustias al saber el constipado de la niña; y ésta, para tranquilizar sin duda a su madre, se zampó una sopa de huevo, del tamaño casi de su corazón impresionable. Teresa disimuló una sonrisa sorbiendo a pequeños tragos una taza de café, y dijo con la carita más inocente del mundo:

-Pues es menester que te acuestes tempranito y procures sudar...

Pepita escuchó la maliciosa advertencia de su prima con la asfixiante calma que precede a las grandes tempestades, y siguió comiendo y callando.

Media hora después, Teresa con la mantilla recogida sobre los hombros, y el velo medio caído sobre el rostro, con esa gracia natural que es lo supremo del arte, se dirigía a casa de Rosita Piña. Seguíale una criada vieja llamada Vicenta, llevando un gran envoltorio de prendas de vestir procedentes del Ropero, destinadas a formar los lotes que habían de repartirse al siguiente día entre las cincuenta viejas. Habíalas cosido todas Teresa, y para distribuirlas en paquetes iguales, dirigíase ésta a casa de Rosita Piña, vicesecretaria de las Hijas de María, y su amiga íntima.

Sucede a veces, que el nombre de una persona desconocida, hace formar idea errónea de ella, por razón de ciertas cualidades que aparecen anejas a este mismo nombre: nadie puede figurarse a una Blanca negra, ni a un Delgado gordo, ni a un Casado soltero. Algo de esto sucedía con Rosita Piña: al oír su nombre siempre en diminutivo, en labios tan juveniles como los de Teresa y Pepita

Ordóñez, creíala todo el mundo alguna muchacha de la edad de estas.

La vicesecretaria de las Señoritas del Ropero era, sin embargo, una Hija de María, que bien pudiera ser tía de la misma Santa Ana: su edad, como la de las pirámides de Egipto, perdíase en los tiempos prehistóricos, sabiéndose tan sólo que su padre, valiente militar, había muerto gloriosamente en la batalla de Bailén, batiéndose a las órdenes del general D. Teodoro Reding. Desde entonces era Rosita Piña una de esas huerfanitas, censos irredimibles del Montepío, único que puede apreciar en la nómina de cada mes su longevidad pasmosa. Cobraba mensualmente once duros como orfandad, y con el talento de que carecen nuestros ministros de Hacienda, arreglaba a esta exigua renta su presupuesto de gastos, quitando al alimento lo que necesitaba el vestido, abriendo un agujero para cerrar otro, y reservando todos los meses dos pesetas inviolables: una para repartirla entre los pobres, y otra para gastos imprevistos, tales como un cuarto al cartero, un tubo del quinqué que se rompía, o medio real para el sello de una carta.

Los años habían hecho de Rosita Piña una verdadera beata, con todas las grandes virtudes, los pequeños defectos y las inofensivas ridiculeces, propias del gremio; que todas estas cualidades juntas se encuentran en esas almas sencillas que el mundo ciego y burlón ridiculiza, exigiéndoles con la intolerante ley del embudo propia de la lógica mundana, la perfección absoluta, por el solo hecho de que procuran buscarla, y la forma angélica por la sola razón de que desprecian la humana.

Reíanse de que la vicesecretaria escribiese Narangas, y nadie se admiraba de que aquellas ciento y pico de esquelas se hubieran escrito a la luz de un mal velón y a la cabecera de una pobre lavandera moribunda, que velaba Rosita Piña, hacía tres noches consecutivas, mientras la verdadera secretaria a quien correspondía de oficio repartir aquellas esquelas, lucía su bella persona en un palco del teatro.

Burlábanse de su inocente manía de ocultar la edad, y nadie se apresuraba a publicar que aquellos años ocultos estaban llenos de resignados sacrificios, de calladas abnegaciones, de lágrimas que sólo brotan de corazones muy generosos, de lágrimas derramadas ante infortunios ajenos.

Criticábanla que pasase la mayor parte del día fuera de casa, y nadie acertaba a comprender que aquella pobre vieja a quien nadie amaba, era ella sola capaz de amar a todo el mundo, que se sentía abrumada en su hogar yerto y solitario por la nostalgia de la familia, y buscaba por eso el hogar de los huérfanos para dejar allí el calor de la madre, el hogar de las madres para prestar allí los consuelos de hija, y el hogar de Dios, el hogar del Padre común de todos, al pie del Sagrario, para buscar en él fuerzas necesarias con que mirar cara a cara su triste, su monótono, su siempre solitario mañana!... Fuerzas para no desfallecer bajo el peso de la más triste, la más angustiosa, la más desoladora de todas las cruces. ¡La soledad del alma!... ¡Ah! Indudable era que Rosita Piña, según la cáustica frase de Pepita Ordóñez, era una rosa seca; ¡pero era una rosa seca que conservaba toda su fragancia!...

El mundo, sin embargo, más frívolo que malo, más mezquino que perverso, hacía justicia a las virtudes de Rosita sin dejar de reírse de ella, y las casas más aristócratas le franqueaban de par en par sus puertas; las familias más distinguidas la admitían en su trato íntimo, y las asociaciones piadosas se la disputaban para darle, sino los cargos de más honor, a lo menos los de más trabajo. Era en todas ellas la vicepresidenta, la vicesecretaria o la vicetesorera; era, en fin, el piadoso burro de carga de todas aquellas damas elegantes, enalbardado siempre con un honorífico vice. Por lo demás, sus maneras eran vulgares, su ignorancia crasa, su sencillez la de aquellos pobres de espíritu a que promete Dios el reino de los cielos, sin duda porque los hombres se encargan en la tierra de hacérselo merecer con sus burlas y sus desprecios.

En cuanto a su físico, habíalo pintado en cuatro palabras, con la maestría de Velázquez, cierta verdulera a quien inadvertidamente volcó Rosita Piña un día su canasto de lechugas. Mirola de arriba abajo aquella diosa Pomona, y gritó a sus compañeras:

-¡Allá va una mujé en cuclillas!... ¡Con cara de a real y cuerpo de a cuatro cuartos!

La cara de Rosita Piña era, en efecto, doble de lo que razonablemente podría exigir su exiguo cuerpecillo, y venía a ser en ella lo que en aquel diminuto gramático Philetas, el contrapeso de plomo que llevaba en las sandalias para que no se lo llevase el viento: era una especie de pleonasmo de carne, semejante a un pastel de masa blanda, en que hubiesen formado las facciones tirando menudos pellizcos. Su pelo, de un negro algo sospechoso, estaba tan charolado y pegado a las sienes, que parecía un gorrito de hule, y vestía en todo tiempo un hábito de estameña de la Virgen del Carmen, con su correa de charol a la cintura y su escudito de plata en el pecho.

Vivía Rosita Piña en una salita y una alcoba muy pequeñas, muy limpias, que por treinta reales al mes le cedían en su casa un pobre capellán de monjas y una excelente vieja que era su hermana. Teresa subió ligeramente la humilde y limpia escalera, bien conocida de ella, y se detuvo ante la puerta de la beata, que estaba entornada. Dio dos golpecitos y nadie contestó: empujó un poco, y un resplandor vivísimo de luces encendidas salió de la estancia: entonces se determinó a entrar.

La reducida pieza estaba vacía, y sobre una vieja papelera, brillante a fuerza de rudas frotaciones de aceite, veíase en un primoroso nicho de cristales y caoba una bonita imagen de San José, de medio metro de altura. Rodeábanla varios tiestos de loza llenos de flores, y hasta veinte o treinta cabos de vela de distintos gruesos y tamaños, todos encendidos. En la mano con que sostenía el Santo su florida vara, habíanle puesto un papelito doblado, y un gato blanco y negro, muy hermoso, muy limpio, estaba sentado en el suelo con mucha devoción, frente a la imagen, levantando de cuando en cuando una pata, como si quisiese enjugar una lágrima o darse un golpe de pecho. Parecía un gato muy piadoso: según Pepita Ordóñez, era este gato el único pariente de aquella pobre vieja que tenía por familia a la humanidad entera, porque comprendía y practicaba el significado de aquellas palabras que a todas horas repetía: ¡Padre nuestro, que estás en los cielos!...

El gato, que sobre ser piadoso era cortés, salió al encuentro de Teresa, empinando el rabo, arqueando el lomo, dejando escapar un cariñoso maullido, como si quisiese hacer los honores de la casa en ausencia de su dueña. Teresa le saludó con un confianzudo ¡Hola, Canene!, y tomando de manos de Vicenta el envoltorio de ropa, añadió meneando la cabeza:

Muchas luces tiene el Santo... algo gordo sucede...

Conocía bien a su amiga, y constábale que iban siempre sus apuros en razón directa de las velas del Santo Patriarca, especial protector suyo, que jamás había desoído sus ruegos, infantiles no pocas veces. Gordo debía ser el apuro que marcaba a la sazón el místico barómetro de la beata: ardían ante el Santo cuantas sobras de novenas y desechos de sacristía había podido recoger Rosita, que para semejantes ocasiones las iba coleccionando, y recordaba la iluminación, por sus artísticos detalles, la famosa de Moscou cuando la coronación del Czar último.

Resonaron en el corredor unos pasitos menudos y ligeros, y entró Rosita Piña con unos papeles en la mano, agobiado el cuerpecito, angustiada la caraza, rojos los ojillos, con dos grandes lagrimones pugnando por escapar de aquellas estrechas mazmorras. Despidió cortésmente a Vicenta que en aquel momento salía, fuese derecha a Teresa y la besó en silencio:

-¿Pero qué es esto? -exclamó Teresa pasmada, mirando sucesivamente a la imagen y a Rosita-. ¿Qué tiene V.? ¿Qué pasa?

Rosita Piña se dejó caer en una silla con muestras del mayor abatimiento.

-¿Ha muerto Dolores la lavandera? -preguntó Teresa que sabía la enfermedad de esta infeliz mujer, el esmero con que Rosita la velaba hacía tres noches, y la aflicción que estas desgracias ajenas la causaban.

-Está mejor... No es ella la muerta -contestó Rosita.

-¿Pues quién ha muerto?...

Rosita Piña hizo un puchero disforme, y contestó dándose con los papeles en el pecho:

-¡Yo!...-

Teresa sintió descomunales ganas de reírse: pensando sin embargo que podría Rosita sentirse gravemente enferma y darse ya por difunta, preguntó con cariñoso sobresalto:

-¿Pero qué tiene V.? ¿Está V. mala?...

-¡Pues eso es lo gracioso! -exclamó Rosita llorando-. ¡Eso es lo triste!... que estando yo buena y sana no me quieran pagar, y digan que me he muerto...

De nuevo tuvo que morderse los labios Teresa para no reírse, y siguió mirando a Rosita estupefacta. Refiriole entonces ésta, que el día anterior, 1.º de Marzo, había ido con la puntualidad característica de las viudas y huérfanas del Montepío, a cobrar los once duros de su orfandad. Pero al encargado de pagarla, don Tomás Sánchez, muy bueno, muy bello sujeto, muy atento, que siempre la saludaba -a los pies de V.- y un día que la hizo esperar dos horas, la dijo que podía sentarse, habíanlo dejado cesante.

Hallábase en su lugar otro jovencito, muy bueno también, muy trabajador, tan trabajador, que en media hora larga no levantó la cabeza de lo que estaba haciendo, sin echar de ver siquiera que estaba ella aguardando. Pues este señor tan laborioso, tomó al fin los documentos que por fórmula le alargaba Rosita, los miro por encima, cotejolos con un voluminoso registro, y dijo después pausadamente:

-No ha lugar a la paga... Doña Rosa Piña y Menéndez, falleció el 15 de Febrero pasado.

Rosita Piña se quedó estupefacta; si hubiese visto al P. Rodríguez vestido de majo y tocando las castañuelas, no hubiera expresado su amplia fisonomía mayor sorpresa. Sus ojitos y su boquita se abrieron hasta desencajarse, y exclamó con todas las inflexiones del espanto y la sorpresa:

-¿De veras?!!!...

-Así consta en la Dirección general de Madrid, con el correspondiente certificado.

Rosita Piña quedó aplanada bajo el peso de aquella losa de sepulcro que tan inesperadamente arrojaba el Estado sobre su cabeza: comedida, sin embargo, hasta en el fondo de la tumba, solo se atrevió a replicar:

-¡Pero eso debe de ser equivocación!...

El laborioso oficinista cogió la pluma y se puso a escribir de nuevo, sin dignarse responder a la atribulada huérfana.

-¿Pero quién soy yo entonces -exclamó ésta volviendo a todas partes los extraviados ojos-. ¿Algún alma del purgatorio?...

-Pues si es V. un alma del purgatorio, vaya a que los curas le digan Misas -contestó el oficinista.

El saborcillo volteriano de esta respuesta acabó de aterrar a Rosita, y huyó a su casa afligidísima, creyéndose presa de alguna pesadilla horrible y palpándose a cada instante a ver si en realidad era cadáver. Consultó el caso con su vecino el Capellán de monjas, indagó éste lo ocurrido, y vínose en la cuenta de que aunque a Rosita le sobraba salud, habíanla matado por equivocación en la nómina: era necesario abrir un expediente para resucitarla, presentarse en la Dirección general de Madrid o buscar alguna buena influencia en la corte, que todos estos obstáculos allanase. Rosita se acostó aquella noche calenturienta y despertó llena de crueles escrúpulos: había soñado que para comprobar su existencia se miraba detenidamente al espejo y se encontraba viva, sana, fuerte, robusta y hasta... bonita!!!...

¡Horror!... ¿Sería aquello alguna levadura de amor propio escondido, que a la hora de la tribulación asomaba la oreja?... Necesario fue participar el horrible temor al P. Rodríguez, que la miró espantado de lo que puede fantasear un sueño, y lejos de consolarla la despidió con cajas destempladas.

-¿Y cómo voy yo a Madrid? -decía Rosita a Teresa, llorando a lágrima viva-. Dinero no tengo; en el tren no fían, y aunque fiaran... ¿Cómo se aventura una mujer sola, en ese Madrid atestado de liberales?...

Rosita Piña creía sencillamente que los liberales andaban en Madrid con cuernos y rabo, embistiendo por las calles a los pacíficos transeúntes. El liberalismo era su pesadilla, y llevaba su justo odio contra la moderna secta, hasta el punto de encontrar sospechoso aquello de Libera nos, Domine, que rezaba en la Letanía, y haberlo sustituido con un profundo, sencillo y esperanzado Carlista nos, Domine.

Teresa escuchaba compadecida la relación de aquella extraña desventura, y al oír que todo podía arreglarlo alguna persona influyente en la corte, exclamó con esa noble impremeditación de la juventud, que da siempre por hecho el bien que desea hacer:

-Pues si no es más que eso, dese V. ya por resucitada...

La difunta oficial miró a Teresa con el ansia con que Marta debió de mirar a Jesús al verle extender la mano hacia el sepulcro de Lázaro.

-Pues claro está -continuó Teresa- anoche llegó de Madrid Pepe Pineda, el hijo de la Condesa, que es diplomático y amigo de todo el mundo, y él le podrá arreglar a V. el asunto sólo con poner dos letras.

-¿Pero tú lo conoces? -preguntó Rosita.

Esta lógica pregunta hizo caer a Teresa de las alturas de su buen deseo. Ella no conocía al Condesito ni aun de vista, y la escena que poco antes había tenido con Pepita a causa del baile de compadres, le hizo caer en la cuenta de que difícilmente podría servirse de ella como de intermediaria. Comprendió, pues, que se había adelantado demasiado, y dijo titubeando:

-Yo no... pero mi prima y mi tía Angustias lo conocen mucho, y también a su madre, y ellas le hablarán...

-¡Dios las oiga! ¡El Santo Patriarca las inspire! -exclamó Rosita Piña cruzando las manos con vehemencia-. Yo por mí no tengo cuidado: Dios viste a los lirios del campo y cuida de los pajaritos... Y aunque yo no soy ningún lirio, ni tampoco un pajarito... pero en fin, vamos... es un decir... Pero esa pobre Dolores la lavandera... enferma, con siete hijos, sin más amparo que yo, porque lo que da la Conferencia no alcanza... Mañana la operan el zaratán, y aunque D. Manuel la cura de balde, porque es de lo que no hay, muy caritativo, un San Pantaleón; en fin, Dios se lo pague... Pero los caldos y la botica y todo, todito, lo tengo que pagar yo... Empeñé mi cuchara de plata, y ya se me fue hasta el último ochavo: ahora estoy gastando de los diez duros que tenía guardados para mi entierro...

A Teresa se le saltaron las lágrimas: cogió ambas manos a Rosita, y sacudiéndoselas fuertemente, le dijo:

-¿Pero por qué no me ha dicho V. eso antes, Rosita? ¿Qué necesidad tiene V. de gastar el dinero de su entierro?... Aunque después de todo, no la han de dejar sin enterrar por eso... Pero yo también tengo en mi hucha lo menos, lo menos once duros, y se los daré a V. para Dolores... Los fui reuniendo real a real, para cuando llegase el aniversario de mi padre, mandar decir algunas Misas... Pero también esa limosna le servirá de sufragio.

Rosita Piña se echó a llorar: su llanto hubiera enternecido a un ángel y hecho reír a un hombre.

-¡Dios te lo pague, hija mía, Dios te lo pague, Teresa! -exclamaba-. ¿Ves ese papelito que tiene San José en la mano?... Pues es la última receta del médico... Yo no podía pagarla; pero se la puse en la mano y le dije: ¡Procúrala tú, santo mío!, y ya ves cómo la ha procurado... No sabes el peso que me quitas de encima: estaba ya sin alientos, sin esperanzas, sin saber por dónde tirar... Hoy mismo, durante toda la hora de meditación, me parecía ver al diablo a mi vera, diciéndome como a aquel santo viejo de que habla el P. Rodríguez: ¡Ahórcate!, ¡ahórcate! Y yo, llena de santa firmeza, le respondía:

-¡Ahórcate tú!

IV

Revuelto andaba el Palomarico de la Virgen, nombre que plagiando cierta frase de Santa Teresa, daba a las Hijas de María el cándido optimismo de Rosita Piña.

No parecían, sin embargo, al P. Rodríguez, blancas palomitas todas las que anidaban bajo su dirección en aquella arca santa. Porque hay en todas las asociaciones piadosas, especialmente de mujeres, un elemento por lo general aristocrático, inquieto, dominante, que cree hacer un favor a Dios al honrarle, y un servicio a la Religión poniendo la piedad de moda: tráelo allí la más absurda de las vanidades, cual es la de la piedad, y refrénalo por el pronto, entre las jóvenes, el candor y la docilidad de los pocos años.

Mas si una mano enérgica no las desenmascara pronto, o una voz severa no les hace comprender a tiempo, que sus costumbres son las que han de amoldarse a la piedad, y no la piedad a sus costumbres; que las asociaciones devotas son obras de perfección y no obligatorias, y que es la más vil de las hipocresías hacer gala de seguir los consejos, cuando no existe el cuidado de observar medianamente los preceptos, tornáranse estas blancas palomitas en esas lechuzas devotas, descrédito de la piedad verdadera, porque escandalizan al bueno y provocan la risa del malo; en ese tipo inverosímil, no nuevo hoy, pero sí más degradado, de la mujer devota por la mañana y pagana el resto del día...

Caricaturas de aquellas grandes señoras de la corte de Luis XIV, señoriles hasta en sus mismos vicios, que oían como quien oye llover las rudas verdades de Bourdalue, son muchas de esas otras damas que vemos hoy pedir en ciertos días a la puerta de los templos, valsar por amor del prójimo en los bailes de beneficencia, y tener siempre en los labios las palabras piedad y caridad, como la etiqueta de un frasco de agua de olor falsificada. Un rasgo común han conservado unas y otras a través de los siglos: el de tener los oídos frente a frente; lo que entra por el uno sale por el otro, sin dejar dentro nada de provecho.

Los billetitos rojos esparcidos por Mercedes Pineda a los cuatro vientos anunciando el baile de compadres, habían alborotado en el Palomarico de la Virgen a todas aquellas cuyo afán de divertirse se traslucía en todos sus actos, como el ardor del calenturiento se trasluce hasta en sus menores gestos. La vanidad y la conciencia se sintieron igualmente agitadas. ¿Cómo preparar en tan breve plazo alguna toilette sorprendente, nueva, deslumbradora, capaz de aprisionar entre gasas y flores algo más que con los vínculos del compadrazgo, a media docena siquiera de reacios galanes? ¿Cómo salir devotamente del compromiso en que la importunidad de la Presidenta venía a ponerlas, señalando para la Comunión de las Hijas de María la mañana siguiente a la noche del baile?...

Con la actividad desatinada de hormigas a que destrozan su hormiguero, comenzaron a circular al punto doncellas y criados, modistas y costureras: imposible era a juicio de peritos crear nada nuevo, pero no era difícil combinar con cierta novedad galas antiguas. Tranquila, aunque no satisfecha con esto la vanidad, pensose en buscar solución al caso de conciencia; cruzáronse entonces recados oficiosos, preguntas capciosas, misivas diplomáticas en que cada Hija de María, sin dejar traslucir su pensamiento, procuraba indagar la solución que daban las otras al conflicto religioso-bailable que se presentaba. Ni una siquiera hubo que entregase la carta que se iba buscando: todas aseguraron con unanimidad edificante, que la asistencia a la solemne Comunión era necesaria; pero todas, ¡oh desdicha!, comenzaban a sentir, por coincidencia milagrosa, los síntomas de un cruel constipado, igual, idéntico en todas ellas, que no les permitiría sin duda madrugar a la mañana siguiente: todas, en fin, como eficaz sudorífico que les trajese la reacción y les aclarase las laringes y desatascase las narices, tenían preparado y oculto en el fondo del tocador, no una manta de Palencia y una taza de tila, sino un fresco, ligero y vaporoso traje de baile.

El tiempo urgía, eran ya las cuatro de la tarde, y una de las más atrevidas, Ritita Ponce, decidiose al fin a hacer algunas investigaciones personales: necesario era que alguna levantase el estandarte, y nadie quería ser la primera en dar el mal ejemplo, por más que todas buscasen con ansia la ocasión de seguirlo.

Ritita Ponce tiró su plan: fuese derecha a casa de Pepita Ordóñez, y cogió a solas a la incauta doña Angustias. Acudió ésta presurosa y contrariada, como persona a que arrancan de perentorios quehaceres, y la vista perspicaz de Ritita descubrió al punto en su traje varias hilachillas de seda color de rosa.

-¡Ya caíste, mentecata! -pensó Ritita; y cogiendo con la punta de los dedos una de aquellas hilachas, se la mostró a la viuda diciendo:

-¡Hola!, ¡hola!... Esto me huele a preparativos de baile.

Aturrullose doña Angustias, y contestó precipitadamente con su agudeza ordinaria:

-Hilas..., hilas que estaba haciendo para el hospital... Ayer me las pidió Sor Tomasa.

Ritita Ponce no se detuvo a inquirir la extraña terapéutica que aconsejaba el uso de hilas de seda color de rosa, y conteniendo la risa que tan necia salida le causaba, varió de táctica. Sentose junto a la viuda, muy pegadita, y con voz muy baja y ademanes misteriosos, envolvió a la pobre señora en esta sarta de mentiras:

-Doña Angustias -le dijo- tengo un apuro muy grande, y sólo V. con su autoridad y su talento puede ayudarme...

-¡Mujer! -exclamó doña Angustias pasmándose esta vez con razón que le sobraba.

-Sí, señora... Ya conoce V. a Sir William Mackenzie, que ha pasado todo el invierno aquí en Z.**

-¿Aquel inglés largo, largo, con patillas color de lino?...

-¡El mismo!... Pues ha de saber V. que lo estoy catequizando, a ver si el pobrecito se bautiza...

-¡Mujer!... ¿Es moro acaso?...

-No, señora; es protestante, que viene a ser lo mismo...

-¡Mujer!...

-Sí, señora; y lo tengo ya tan convencido, que esta noche pensaba verlo en casa de Pineda, para tratar de quién ha de ser el padrino.

-¡Mujer!...

-Lo que V. oye... Pero mire V. por dónde se le ha metido a mamá en la cabeza, que no he de ir esta noche a casa de Pineda, a causa de la Comunión de mañana...

-¡Mujer!...

-Y dice que no iré yo, como no sea que vaya también Pepita; porque si una persona del respeto de V. se lo permite a su hija, cosa es esta que puede hacer ley.

¡Misterios del corazón!... Doña Angustias, lejos de pasmarse de que la madre de Pepita le diese la patente de legisladora, quedose muy complacida, y contestó modestamente, comenzando a soltar el queso, como el cuervo de la fábula:

-¡Jesús, mujer!... Tu mamá me favorece demasiado.

-¡Oh, no, no! Ya sabe lo que se hace -contestó Ritita con sonrisa aduladora-. Por eso es menester que me diga V. francamente, si va o no va Pepita a casa de la Condesa... Porque si va ella, iré yo; y si no va, tendré que quedarme; y si me quedo, se quedará también de rechazo ese pobrecito sin padrino, y quizá sin bautizar, y si se muere se lo llevarán los mismísimos, mismísimos diablos...

Y Ritita ensartaba todas estas mentiras con el mayor aplomo, agitando con terror el abanico, como si quisiese ahuyentar a los demonios que amenazaban llevarse a su catecúmeno Sir William Mackenzie.

-Jesús, mujer, que ocurrencia! -exclamó perpleja la viuda.

-Lo que V. oye, doña Angustias -replicó Ritita abriendo mucho los ojos-. A veces de cosas muy chiquititas, salen cosazas muy grandes, muy grandes...

-Pues mira, mujer; yo, si te he de decir la verdad, ninguna gana tenía de fiestas... Pero ya tú ves: Mercedes le escribió a Pepita, y la niña se ha empeñado en ir... y por eso...

-¡Irán Vds. al baile! -exclamó Ritita levantándose, como si con saber esto le bastase.

-Pues claro está... Pero no digas una palabra a nadie; porque...

-Descuide V., doña Angustias; que sé yo guardar un secreto.

-La niña no quiere que se sepa, por evitar que otras tomen pretexto de que ella va para ir también, y luego vienen los chismes, y el P. Rodríguez...

-¡Dichoso P. Rodríguez! ¡En todo ha de meterse!... Como si porque sea una Hija de María tenga necesidad de darle cuenta hasta de la sal que echa al puchero.

-Mujer, no tanto... Es verdad que el Padre exagera un poquito, pero lo que yo le digo a Pepita... Se le escucha siempre con respeto, y luego hace cada cual lo que le parece.

-Eso hago yo sin necesidad de oírlo, y es mucho más cómodo; que si fuera una a escuchar al P. Rodríguez, sería menester vivir en un rincón metida en un saco, con la cara para la pared. El domingo le decía tía Rosa que las muchachas necesitan exhibirse en sociedad, si alguna vez han de casarse... ¿Pues sabe V. lo que le contestó?...

Y Ritita Ponce, imitando el tono algo gangoso del P. Rodríguez, dijo muy despacio:

-Es muy cierto, señora, muy cierto. Pero V. notará que nadie compra la tela que está siempre de muestra... Cuando se va a comprar, toman todos de la pieza que está guardada allá adentro... Porque mire V., señora, tela siempre en el escaparate, preciso es que esté averiada.

Y Ritita Ponce, que llevaba ya treinta y tres años de exhibirse por todos los escaparates sociales, sin encontrar marchante ninguno, concluyó muy indignada:

-Con que ya ve V., que según el P. Rodríguez, una señorita de mundo viene a ser como un bacalao colgado a la puerta de una tienda de ultramarinos; que corre el peligro de que lo ensucien las moscas.

Esto dijo Ritita con arrogante desdén, y sin dejar a doña Angustias tiempo de pasmarse, dio media vuelta y como lanzadera que va de un lado a otro tejiendo una tela de chismes, comenzó a recorrer una por una las casas todas de sus amigas, diciendo que Pepita Ordóñez iba al baile con su madre, y que Teresa las acompañaba también, con permiso, por supuesto, del P. Rodríguez.

Animáronse con esto las retraídas Hijas de María, los constipados sufrieron un descenso general en toses y estornudos, y comenzaron poco a poco a salir las galas de sus escondrijos, a la manera que los caracoles sacan lentamente los cuernos al sol, después de pasada la lluvia. Ritita por su parte, retirose muy satisfecha a su casa, una vez terminada la propaganda, y comenzó a disponer las galas que habían de ayudarle a llevar la luz de la fe a la nebulosa alma de Sir William Mackenzie.

De todas las mentiras que había ensartado aquella tarde, sólo ésta tenía algo de verdad en el fondo; porque realmente abrigaba Ritita Ponce la idea de administrar a Sir William un sacramento; pero no era el primero, era el séptimo.

Desesperaba ya a los treinta y tres años de encontrar marido indígena, y comenzaba a buscarlo exótico.

- V -

Mientras tanto, volvía Teresa de casa de Rosita Piña, preguntándose por qué dará Dios tanto corazón a quien da tan poco dinero, y discurriendo el modo más a propósito de confiar la resurrección oficial de su difunta amiga al Condesito diplomático. Parecíale imposible alcanzar para su protegida la mediación de Pepita, y aun en la misma doña Angustias no se atrevía a fijar grandes esperanzas. Participaba siempre la madre, a lo menos por el pronto, de las necedades y rabietas de la hija, y preciso era que la negativa de Teresa a concurrir al baile de compadres, que tanto había, encolerizado a la una, hubiese también ofendido a la otra, al llegar a su noticia. No era, pues, ocasión muy oportuna de pedir favores ni a la madre ni a la hija, y mucho menos tratándose de la mísera Rosita y el apuesto Condesito, encarnaciones, por decirlo así, una y otro, de los dos polos en que giraba el conflicto.

Teresa no se engañaba en efecto: hallose al entrar en casa con dos amigas de su prima, que atraídas por los chismes de la catequista de Sir William Mackenzie, hablaban alborotadamente con Pepita y doña Angustias. La madeja se enredaba: pasmábase la viuda de que tan pronto hubiese hecho Ritita traición a sus confianzas, y la niña dirigía a su madre miradas y aun palabras furibundas, por haberse dejado arrancar su secreto, a trueque de librar de las garras del diablo al honorable Sir William.

Callaron todas al entrar Teresa con manifiesta grosería, recibiéndola con frialdad, que dejó helada a la pobre muchacha: púsose Pepita a cuchichear por lo bajo con una de sus amigas, y la misma doña Angustias contestó secamente a dos o tres preguntas que se aventuró a dirigirle Teresa. Retirose ésta avergonzada y ofendida, y pesarosa doña Angustias al verla salir, la recomendó eficazmente que se mudase al punto de calzado: había llovido y estaba húmedo el piso.

Teresa entró casi llorosa en su cuarto, el más modesto de la casa: sentía esa opresión de corazón propia de los caracteres sensibles y expansivos, cuando tropiezan con la dureza o el desdén de las personas cuyo calor buscan, y consideraba, por otra parte, las fatales consecuencias que podía tener el capricho de una niña terca y mal educada, en la suerte de una criatura tan excelente como Rosita Piña, y una infeliz tan desgraciada como Dolores la lavandera. Dejose caer en un sillón, abatida por completo, y comenzó a llorar amargamente.

Dios vino al punto en su ayuda, por esos extraños caminos por donde dirige los hechos, para el triunfo de sus designios. Oyó a poco en el corredor de fuera un gran portazo, un furioso y recalcado ¡Caramba!, unas patadas impacientes, y una voz aguda y colérica, que medio declamaba, medio cantaba con rabiosa ironía:

Tanto vestido blanco
Tanto volante...
Y el puchero a la lumbre...
Con dos guisantes!!

Sorprendida Teresa abrió la puerta de su cuarto y vio en el fondo del pasillo a Marica, la única y zafia camarera de la casa, que crispaba los nervios de Pepita con sus ordinarieces, pateando furiosa junto a la puerta del fondo como si a ella estuviese pegada, levantando con una mano para que no arrastrase, una larga falda de gasas y crespones blancos y rosa, y sosteniendo con la otra un ancho cinturón de este último color, dispuesto ya artísticamente en forma de enorme lazo. El viento había cerrado violentamente la puerta por donde Marica salía, cogiéndola presa por las faldas contra el quicio, con ambas manos ocupadas. Teresa no pudo menos de reírse de la extraña figura de Marica, asomando entre gasas y crespones, y corrió a sacarla de aquella crítica posición, diciendo:

-¡Espera... espera... no te impacientes!

-Dios se lo pague a V., señorita -dijo Marica al verse libre-. De buena me he escapado... Si la puerta llega a coger la falda, y se desgarra, me saca la señorita los ojos, con ese genio que tiene.

-¿Va a ponerse ese traje esta noche? -preguntó Teresa.

-Si a última hora no se le ocurre otra cosa, porque tiene más pareceres que un abogao -respondió de muy mal humor Marica-. Primero dijo que el blanco, luego que el celeste, después se le antojó el rosa... y a todo esto, me duelen a mí ya los puños de ensartá la abuja.

El guardarropa de Pepita era de los más surtidos que había en Z.**, y no pudiendo las modestas rentas de la viuda cubrir tantos gastos, resultaban forzadas economías interiores, que inspiraban a la impaciente Marica, coplas como la que poco antes entonaba.

-Y todavía -prosiguió Marica- se ha de volver atrás siete veces; porque la señora quería que le pidiese a V. emprestá no sé qué cosa, y la señorita decía: -¡Prefiero no ir!..., ¡ni el santolio le pido yo a Teresa!...

Marica contaba todo esto irritada, remedando la voz algo chillona de Pepita, y concluyó diciendo:

-No le empreste V. naá, señorita... ¡Anda que se ponga el morrión de un carabinero!...

-¿Pero que quería que yo le prestase? -preguntó Teresa,

-Pues no lo sé... creo que era un peinecillo de corales...

-¡Ah, ya! -exclamó Teresa.

Y como asaltada de una idea repentina, se dirigió vivamente a su cuarto. Mirola entrar Marica muy enfadada, y meneando la cabeza, se alejó refunfuñando:

> *¡Tonta la madre,*
> *Tonta la hija,*
> *Tonta la manta*
> *Que las cobija!...*

-Ahora va la pajuata esta y le da lo que quería... ¡Como no le dieran un cañazo en mitá de la frente!...

Mientras tanto había abierto Teresa el cajón alto de una cómoda de caoba y sacado un gran estuche de piel de Rusia, envuelto cuidadosamente en papeles de seda. Sobre un fondo de terciopelo blanco, destacábase dentro un magnífico aderezo de corales rosa, de gran valor artístico por estar raramente trabajado con el primor y la paciencia que para labrar el marfil emplean los chinos.

Teresa colocó el estuche abierto sobre la cómoda y estuvo contemplándolo largo rato, con la cabeza apoyada en ambas manos; poco a poco fuese hinchando su pecho, un sollozo se escapó de sus labios, y unas tras de otras vinieron muchas lágrimas a humedecer el terciopelo del estuche... Aquel aderezo había sido de su madre, ¡era el único recuerdo que de ella le quedaba!

Pareció al fin la muchacha tomar un partido, y encogiéndose de hombros, dijo entre dientes:

-También el estuche era suyo.

Colocó después en una gran caja de cartón las numerosas piezas del aderezo, descansando primorosamente sobre algodones de pella, y volvió a guardar el estuche vacío, besándolo antes en una rozadura que sobre la tapa tenía, y en el botoncito de metal un poco torcido que empujaba el resorte... La pobre niña creía besar allí las huellas de las manos de su madre.

Fuese luego en busca de doña Angustias, llevando la caja de cartón consigo, y la encontró sola en su aposento, cosiendo apresuradamente unos lazos de terciopelo rosa en los zapatos de raso blanco, no del todo diminutos, que había de ponerse aquella noche Pepita. Mirola la viuda por encima de las gafas, sin decir palabra, y quiso hacer un gesto que sólo a medias le salió enfadado. Animada con esto Teresa, sentose en una sillita baja, casi a los pies de su tía, y la dijo suavemente:

-Me ha dicho Marica, que Pepita va a ponerse esta noche su traje rosa...

-¿Y qué? -contestó doña Angustias con pujos todavía de inexorable.

-Pues nada -replicó Teresa bajando humildemente la cabeza-. Se me ha ocurrido que con ese traje vendría muy bien mi aderezo de corales.

Y al decir esto Teresa, destapaba con mano temblorosa la caja de cartón, dejando al descubierto las preciosas joyas. Doña Angustias se quedó con la boca abierta y el zapato en la mano, mirando alternativamente, ora a Teresa, ora a la caja que le presentaba.

-Yo había pensado -prosiguió Teresa con la voz ligeramente alterada- regalárselo para el día de su santo... Pero si se lo quiere V. dar desde ahora, podrá lucirlo esta noche...

Doña Angustias se quitó las gafas, agitó por tres veces el zapato en que tenía metida la mano a guisa de guante, y repitió a compás y en tres tonos distintos que expresaban el pasmo, la satisfacción y el enternecimiento, su muletilla acostumbrada:

-¡Mujer!... ¡Mujer!.. ¡Mujer!...

Y no ocurriéndole luego otra cosa que decir, dio un zapatazo en el hombro de Teresa, y se echó a llorar enternecida. Ésta lloraba y reía al mismo tiempo presentándole la caja.

-¿Cómo eres tan terca? -dijo al fin la viuda.

-¿Y qué quiere V.? -contestó Teresa con gran mansedumbre-. Harto siento luego causarle a V. estos disgustos...

-¿Disgustos tú?... ¿Tú a mí, hija mía? -exclamó doña Angustias abrazándola tiernamente.

Y queriendo enjugarle las lágrimas con la mano en que tenía el zapato, a poco más le salta un ojo. Teresa quiso al fin poner término a aquella escena, y dejando la caja sobre la mesa de costura de doña Angustias, dijo marchándose:

-Con que V. se la dará a Pepita... ¿No es verdad, tía?...

-¡No, no! -gritó con viveza doña Angustias-. Yo no puedo permitir eso... Prestado para esta noche, bueno; porque así como así, rabiaba la niña por pedírtelo y no quería... ¡Cómo ha de ser!, también tiene ella su geniecito... Pero para regalo es mucho, hija mía, y no quiero...

-¡Bueno!, ¡bueno!... ¡Ya hablaremos de eso! -exclamó Teresa echando a correr, contenta y satisfecha de sí misma, al ver realizado su proyecto de captarse la voluntad de doña Angustias, para hacerle más tarde la petición que deseaba. Y no acordándose siquiera, con ese noble desinterés de las almas generosas, del costoso sacrificio que para ello se imponía, decíase llena de gozo:

-¡Gracias a Dios!... ¡Qué contenta se pondrá mañana la pobre Rosita Piña!

Doña Angustias se apresuró a entrar en el tocador de Pepita con la caja abierta en la mano, y llena de satisfacción y enternecida todavía dijo a su hija:

-¡Mira!... ¡Mira lo que te regala Teresa!

Pepita disimuló el vivo movimiento de vanidosa alegría que el regalo le causaba, y miró desdeñosamente la caja.

-¡Qué niña ésa! -exclamaba doña Angustias entusiasmada-. ¡Qué corazón el suyo!... ¡Más humilde que la tierra!...

-¡Vaya una hazaña! -replicó Pepita con la superioridad despreciativa con que trataba siempre a su madre-. Bien podía haber hecho el regalo de manera más decente...

-¡Pero mujer!...

-¿Pues no ves que le falta el estuche?... Sino que eres tonta de capirote...

-¡Mujer!...

-Y no ves más allá de tus narices... ¿Pues no conoces que a Teresa le han entrado ahora ganas de ir al baile y quiere congraciarse conmigo?... Pero yo le aseguro que no irá... ¡capaz soy de quedarme sólo porque ella no vaya, y darle firme en la cabeza!

A esto se redujo todo el agradecimiento de Pepita: a la hora de comer dignose dirigir a su prima una medio sonrisa, y se levantó de la mesa antes de terminada la comida, porque la peinadora llegaba presurosa, y era preciso no perder tiempo. Teresa aprovechó tan buena coyuntura para hacer su recomendación a la bienaventurada doña Angustias, y ésta se prestó a ello gustosísima, pidiéndole apuntados en un papelito, todos los datos que para la resurrección de Rosita Piña eran necesarios. La amistad de la Condesa y doña Angustias era íntima y antigua, y todo hacía esperar a Teresa un pronto y feliz desenlace.

Comenzaron las idas y venidas que la toilette de Pepita requería, y por dos horas largas anduvo revuelta toda la casa. Desprendiose Pepita al cabo de ellas, como la mariposa del capullo, de los mil cachivaches de tocador que la rodeaban, y apareció a los fascinados ojos de Marica y doña Angustias, en todo el esplendor de su tocado. Era su traje un vaporoso conjunto de gasas y crespones blancos y rosa, hábilmente dispuestos, que presentaban los suaves matices rosados de una nube de la tarde: de ella arrancaba el busto de Pepita, que no era ciertamente una belleza, pero aparecía realzado entonces por la doble aureola de la frescura de la juventud y los recursos del arte. Destacábase con gusto exquísito, entre sus bucles, de un rubio ceniciento, una delicadísima peineta de coral rosa, y el resto del aderezo aparecía esparcido acá y allá, como toques más oscuros de aquel color rosado que tanto encanto prestaba a tan vaporoso traje. Doña Angustias había dado dos pasos atrás, contemplándola extasiada, y corrió en busca de Teresa para que pudiera también admirarla.

Aplacada la deidad con el incienso que ante ella quemaban, dejose admirar por su prima con una sonrisa bondadosa, evaporación sin duda de su vanidad que rebosaba. Cogió en su obsequio un abanico, perteneciente también al aderezo, con varillas de coral y país de plumas blancas, y abanicándose suavemente en lánguida postura, preguntó a su prima:

-¿Qué te parezco?...

Teresa la contempló un momento con admiración sincera, y exclamó con entusiasmo:

-¡Muy bien, primita!... ¡Preciosa!...

Y preciosa estaba realmente la niña... Nadie hubiera creído que aquella figura tan lánguida, tan ideal, tan vaporosa, se había zampado aquella mañana tres chuletas de carnero y dos pares de huevos fritos.

Faltaba, sin embargo, todavía el remate del artístico peinado; veíanse aún sobre la frente de Pepita los dos erguidos papillotes, y era necesario soltarlos a última hora, después de amoldarlos con las tenacillas, para formar los dos graciosos ricitos que constituían la imprescindible moda de entonces. Llena de satisfacción Teresa y rebosando buen deseo, ofreciose espontáneamente a desempeñar tan arduo cometido; más la diosa, rechazando con severa dignidad sus cariñosas ofertas, contestó que con Marica le bastaba.

Retirose, pues Teresa, viendo desairados sus buenos oficios, y doña Angustias se marchó también a despachar su toilette, siempre abreviada, porque era la viuda de esas mamás que ahorrando en sus personas lo que derrochan en sus hijas, se presentan siempre junto al lujo de éstas, algún tanto pingajientas; tipo bastante común entre las elegantes de medio pelo.

Restableciose al fin la calma por tanto tiempo interrumpida, y oyose distintamente a la campanada de las nueve, detenerse a la puerta el simón que había de llevar a la madre y a la hija a casa de la Condesa. A poco, un espantoso alarido, aún más terrible en el silencio, resonó por todos los ámbitos de la casa...

Teresa se levantó despavorida y corrió al cuarto de su prima; al mismo tiempo entraba doña Angustias a medio vestir por la otra puerta... El cuadro era terrible: Pepita, sentada ante el tocador, medio caída contra la pared, lanzaba agudos chillidos; de pie a su lado, Marica, pálida de espanto, miraba estúpidamente las caldeadas tenacillas de rizar que tenía en la mano, en cuya punta se descubría un rubio ricito. Un fuerte olor a pelo chamuscado, invadía todo el aposento.

Doña Angustias y Teresa se lanzaron a Pepita, creyéndola gravemente herida: ni la menor rozadura tenía en la frente. Distraída Marica mirando la linda peineta de corales, había apretado tanto el papillote entre las tenazas caldeadas, que el ricito quedó chamuscado y arrancado por completo. Las consecuencias eran fatales, y harto pronto las comprendió Pepita.

-¡Ay!, ¡ay!, ¡ay!, ¡ay!, ¡ay! -chillaba como si la matasen.

-¡No te apures, hija! -gritaba doña Angustias- que todo podrá arreglarse!...

Y en vano procuraban arreglarlo: la frente aparecía calva por un lado, y colgaba por el otro un largo mechón, escapado del papillote que había sobrevivido al desastre.

-¡Imposible!... ¡Imposible! -gritaba Pepita- ¡Si estoy horrible!... ¡Si estoy hecha un adefesio!...

-¡Tranquilízate, mujer! -le decía Teresa-. En vez de dos rizos te pones uno, y queda todo arreglado...

Pepita acogió esperanzada esta idea, que sobre ser un recurso era una originalidad, y en un segundo enroscó Teresa en su dedo el mechón sobrante, y formó a Pepita un rizo solo en mitad de la frente. Contempló un momento su obra en el espejo, y casi estuvo a pique de reírse... El rizo se destacaba redondo, abierto como el ojo de un cíclope, espantado como debió de estar el del gigante Polyfemo, al ver que le amenazaba la aguda estaca de Ulises.

-¡Qué irrisión!... ¡Qué disfraz! -chilló Pepita arañándose la cara.

Y perdida ya toda esperanza, un ataque repentino de nervios vino a deshacer la nube de gasas no en lluvia, sino en jirones, dando a Teresa el sentimiento de ver rodar por el suelo las sacrificadas joyas de su madre. Lleváronla a la cama, y sosegose un poquito a eso de las once: entonces pidió encarecidamente a su madre que plantase aquella misma noche en la calle a Marica, causa involuntaria de la espantosa catástrofe. Esto pareció aliviarla mucho.

Media hora después, salía Marica con el lío de su ropa debajo del brazo, no sin tener antes la satisfacción de decir a doña Angustias:

-Mire V. señora, la verdá en su lugar... Sin querer lo hice; pero no me pesa... Lo que siento es que no le cogí también las narices con las tenacillas y se las dejo rizás pa toda la vida...

VI

No anduvo tacaño Morfeo con la señorita de Ordóñez, y después que hubo ésta llorado, rabiado y pateado su desgracia hasta muy entrada la noche, dejola dormir tranquila y en un solo sueño, hasta las diez de la mañana. Púsole entonces en los ojos un reflejo del sol que espléndidamente brillaba, y abrió Pepita el derecho: quiso abrir también el izquierdo, y una ligera molestia le impidió abrirlo del todo. Acudió asustada al espejo, y la hinchazón de su rosado párpado vino a anunciarle, que un gordo y feroz orzuelo se le entraba por la puerta, es decir, por el ojo, sin pedirle antes permiso: los lloriqueos y restregones de la noche anterior, comenzaban a producir sus resultados.

Terrible era aquel despertar, y muy acertadamente pensó Pepita, que muchos se hubieran ahorcado con menos causa: no queriendo, sin embargo, desollar su blanco cuello de cisne, limitose a darse a todos los diablos, decidiendo ponerse gravemente enferma durante los períodos del desarrollo, apogeo y descenso del importuno divieso. Temerario era entrar en batalla con Pepito, llevando los dardos de sus ojos embotados, y no era tampoco decoroso presentarse en público, con un lucero en un ojo y un candil con pantalla en el otro.

La toilette de Pepita no fue aquella mañana como la víspera, cuidadosa ni prolija; vistiose una bata de tartán nueva, pero sucia; prendiose con una alfiler en el pecho un pañolillo escocés, harto estropeado; metió con horrible cinismo los pies en unas panzudas babuchas de orillo con pieles de conejo, y dejose con descaro inaudito el moño sin peinar en lo alto de la cabeza, y el mechón sobrante colgando lacio sobre la frente, junto al sitio devastado de su malogrado compañero.

Pepita no esperaba aquel día a nadie, y no era tampoco de esas mujeres, que el instinto de lo bello y lo elegante, hace siempre y a todas horas primorosas y aseadas: era sólo vanidosa y presumida, y cuando no contaba con despertar la envidia o excitar la admiración, llevábala la indolencia hasta el desaseo: fenómeno más frecuente de lo que se cree en muchas de esas señoritas que aparecen en teatros y saraos vestidas como por mano de hadas.

Teresa había ido muy de mañana a la Comunión de las Hijas de María, con Rosita Piña que vino a buscarla; doña Angustias andaba muy afanada por la casa, empeñada en civilizar a una feroz roteña que llamada a toda prisa había venido a sustituir a Marica, y Pepita, para descansar sin duda de haber dormido hasta las diez, tendiose en un sofá del gabinete bajo, y púsose a devorar un novelón romántico en cinco tomos, de ésos que se venden a cuatro cuartos la entrega. Gustaba mucho Pepita de este género de literatura, y sacaba de ella -como otras tantas lectoras- fantásticos sueños siempre, y principios prácticos a veces.

Llamábase la novela La tumba de Olimpia, y Pepita seguía con avidez, siempre creciente, las aventuras del héroe, Arturo, mancebo huérfano, poeta silvestre, especie de Ossian con zamarra, de tan rara abstinencia, que superaba la de aquél de quien se escribió este dístico:

Es su almuerzo muy sencillo,
Dos higos y un panecillo.

Arturo robaba a la heroína Olimpia de la cabaña paterna, rompiendo antes un hueso, con previsión prudentísima, al padre tirano que no tuvo a tiempo la de quebrar a su sensible hija aquella pierna de la mujer honrada que indica el proverbio.

Conducíala luego a un castillo feudal que encontraba al paso detrás de una mata, y allí resultaba que Olimpia no era hija de su padre, ni Arturo nieto de su abuelo; que otro padre, y otro abuelo caían, como quien dice, del techo; que el otro padre de Olimpia aparecía de repente con el hueso fracturado ya compuesto, que Arturo huía por el balcón; que Olimpia caía desmayada, y que cuando volvía en sí estaba muerta. Desengañado con todo esto Arturo se marchaba a Palencia, y allí debe de andar todavía, pues según el autor, un amigo desconocido lo colocó de sereno.

Teresa había leído el título de la novela, visto la lámina de la portada y dado de la obra este juicio crítico:

-Me parece que esta O-limpia, debía de llamarse O-sucia.

Pepita, sin embargo, gemía con la heroína y lloraba con el héroe, lo cual le era entonces fácil, porque el orzuelo le escocía bastante: eran ya las tres, y aún no había levantado cabeza del libro. Absorta en su lectura no vio cruzar por la ventana del gabinete que daba a la calle, una preciosa berlina, tirada por corpulenta yegua anglo-normanda, que vino a detenerse a la puerta misma de la casa.

Era el gabinete en que se hallaba Pepita una pieza aislada, sin más salida que la puerta que daba al patio, y en él solía recibir la viuda sus visitas de confianza. Sonó la campanilla del portal, al mismo tiempo que aterrada Olimpia, veía aparecer por la gótica puerta de su estancia una mano disforme sosteniendo una cabeza ensangrentada... ¿De quién era aquella mano?... ¿De quién era aquella cabeza?... Y como si un prodigio se encargase de dar respuesta a estas preguntas que ansiosa se hacía Pepita, vio ésta entreabrirse a deshora la puerta del gabinete para dar paso a otra negra mano que sostenía un estropajo, y a otra cabeza desgreñada que la miraba sonriendo, como quien encuentra lo que busca. Abriose al cabo toda la puerta y apareció la zafia roteña, sucesora de Marica, diciendo a alguien que en el patio había:

-¿Lo ve V. como estaba dentro?... Si toita la mañana ha estao tumbá en el cana-pies, apriende que apriende...

Oyose entonces un crujir de sedas, y ¡suerte fatal!, Pepita hubiera querido desmayarse como Olimpia, para volver en sí después de muerta... Delante tenía a Mercedes Pineda, su elegante amiga, y detrás de ella a Pepito, el Condesito diplomático, con el sombrero de copa en la enguantada mano, atildado, elegante, correcto, como un lord en Windsor Palace. Detrás de ellos, como sombra del cuadro, aparecía la roteña con el estropajo en la mano y la boca abierta, mirando estúpidamente a la aristocrática pareja.

Hay situaciones que no pueden describirse, y la situación de Pepita en aquel momento era una de estas. Pepito y Mercedes la comprendieron, y ésta, que era discreta, apresurose a sacar a Pepita del apuro, abrazándola cariñosamente diciendo:

-Pero mujer, ¿qué es esto?... ¿Qué chasco nos has dado anoche?...

-¡Un constipado atroz!..., hija, ¡atroz!, ¡atroz!... -exclamaba Pepita llevándose la mano a la garganta realmente seca y procurando sacar de las profundidades de su pecho una tos cavernosa-. Por eso me encuentran Vds. así... hecha una facha... Creo que estoy muy mala... Me acabo de levantar... Y por añadidura un orzuelo... Hija, dispensa... Esa mujer no tiene sentido común... podía haber avisado.

Y viendo a la roteña que seguía absorta ante las galas de Mercedes, como los indios de Méjico ante los arreos de Hernán Cortés, le gritó sin poder disimular su ira:

-¿Pero qué hace V. ahí parada como un poste?... Avise a la señora que están aquí el señor Conde de Pineda y su hermana.

La roteña se dio una palmada en el muslo con pastoril sencillez, y exclamó con la ingenuidad idílica de las calabazas de Rota:

-¿Lo ve V.?... ¿Lo ve V.?... En cuanto los vi lo dije... Condeses o Marqueses u cosa así son esos...

-¡Jesús, mujer, váyase V.!... ¡Hija, dispensa! -exclamaba Pepita ahogándose de bochorno y de coraje-. Eso es un cafre... Estamos sin criados... Todos se han ido... Y yo tan mala... Pero, Pepito, siéntese V... suelte V. el sombrero... Jesús, ¡qué vergüenza!... ¡encontrarme en esta facha!...

Y de su ojito hinchado se escapaba un oblícuo rayito de ternura, que pretendía herir mortalmente al Condesito. Era éste en verdad un guapísimo muchacho, de mediana estatura, barba rizada y finísima, un poco roja, rasgados ojos azules, que miraban siempre entre perspicaces y burlones: brillaba en toda su persona ese empaque naturalmente aristocrático, tan difícil de imitar, que nada tiene de altivo y sí a veces de impertinente, propio de la mayor parte de los jóvenes nacidos y educados en altas esferas. Su hablar era lento, algo meloso y no poco extranjerizado. Era, por otra parte, mozo de talento, de gran porvenir, amaba con pasión a su madre y a su hermana, y harto ya, con ser tan joven, de la ruidosa vida de las grandes capitales, prefería y buscaba los tranquilos goces de la familia: era hombre más conocedor del mundo de lo que de su edad pudiera esperarse, y poseía el inapreciable don, tan raro entre los jóvenes, de saber distinguir lo que vale de lo que reluce.

Comenzaron los dos hermanos a ponderar a Pepita el grande sentimiento que su ausencia del baile les había causado, y ésta contestaba a sus cumplidos con forzadas risitas, que no eran esta vez evaporaciones de la vanidad halagada, sino muecas de la vanidad herida: preocupábala mucho un descomunal descosido que tenía en el codo de una manga, y procuraba ocultar cuidadosamente bajo el pañolón, y con igual empeño escondía bajo el vestido las horripilantes pantuflas de pellejo de conejo, capaces por sí solas de apagar toda llama de amor en el corazón más inflamable.

Bajó al cabo doña Angustias, repitiéronse los cumplidos y las excusas, y después de media hora de esa charla insustancial, propia de las visitas ociosas, dijo de repente Pepita, fingiendo recordar en aquel momento lo que hacía veinticuatro horas estaba pensando:

-Y a todo esto no me has dicho quién me ha tocado de compadre...

Los dos hermanos cruzaron entre sí una rápida mirada; Mercedes dejó escapar esa tosecilla, prólogo obligado de todo aquel a quien embaraza una respuesta, y Pepito se puso a golpear con la contera del bastón las puntas de sus botas, con cierta risita guasona. Pepita comenzó a alarmarse, y repitió la pregunta.

-Yo quería que él mismo te diese la sorpresa -dijo al cabo Mercedes.

-¡Ay no, no!... Dímelo tú -tornó a decir Pepita.

-A ver si lo aciertas...

-Dame alguna seña...

-Uno que te quiere mucho...

-¡Jesús! -dijo Pepita; y flechó al Condesito las miradas de su ojo y medio.

-Y suspira siempre por ti...

-¡Ay qué empalago!... No me gustan más suspiros que los de canela.

-Ni con un candil hubieras encontrado compadre tan a gusto, hija...

-¿A gusto mío?...

-No diré yo tanto... Suyo al menos...

-¿Pero quién es?...

Mercedes volvió a toser, el Condesito se echó a reír, y la puerta se abrió en aquel momento para dar paso a la roteña, que asomó la cabeza diciendo:

-Aquí está otro...

-¿Pero quién es? -preguntó impaciente doña Angustias.

-Don Recaredo Conejo.

-¡Tu compadre! -dijo Mercedes sin poder contener la risa.

A Pepita le pareció que se caía de una torre abajo con todas sus ilusiones, y sólo tuvo fuerzas para murmurar, ¡qué horror!, al mismo tiempo que satisfecho, sonriente, erguida la pelada cabeza, entraba en el gabinete D. Recaredo.

VII

Para la mejor inteligencia de las escenas que siguen en esta tan sencilla como verdadera historia, parécenos oportuno dar al lector una ligera idea del modo de echar las cédulas de compadres, tal como había tenido efecto la noche anterior en casa de la Condesa de Pineda.

Esta costumbre, tan general en Andalucía el penúltimo jueves antes de Carnaval, no es a nuestro juicio sino una añeja reminiscencia de los antiguos estrechos -nombre conservado aún en algunas provincias- que se celebraban antes el día de Reyes. En la corte de D. Martín, Rey de Aragón, se encuentra ya esta usanza, que estuvo muy en boga en los reinados de los Felipes III y IV, en que Lope de Vega, Moreto, Cervantes, Calderón, Góngora, y sobre todo el mordaz Quevedo, compusieron graciosos motes de estrechos, de los cuales se conservan algunos en la Biblioteca Nacional.

Dos métodos suelen usarse para sacar los estrechos: tómanse una porción de cintas del mismo color, iguales en número al de parejas de compadres. Átanse estas cintas por la mitad con un pañuelo y se reparten los cabos de un lado entre las señoras y entre los caballeros los del otro. Desatado el pañuelo a una señal convenida, queda cada cinta uniendo a un caballero y a una señora, y establece entre ellos el vínculo del compadrazgo, siendo obligación del compadre regalar a la comadre el objeto indicado en un mote o versillo, sacado también a la suerte.

Más lento, y a pesar de todo más general, es el método de las cédulas: escríbense los nombres de los caballeros y señoras en pequeñas cedulitas arrolladas, y vanse sacando alternativamente de dos cestitos en que se colocan. Pasan luego las parejas recogiendo las cedulitas que indica el regalo, y báilase luego el rigodón de compadres, en que cada uno de éstos tiene por pareja a la comadre que la suerte le ha designado.

Habíase hecho de este modo en casa de la Condesa de Pineda, y la suerte fatal burlose de Pepita, deparándole por compadre, en vez del Condesito, al insigne vate D. Recaredo Conejo. Nuestros lectores habituales le han conocido ya en los salones de la Condesa viuda de

Santa María3: de entonces acá en nada había variado, a pesar de haber cumplido los cincuenta y cinco años. Ostentaba siempre la misma cara placentera, las mismas patillitas grises, los mismos juanetes en los pies, los mismos sabañones en las manos. Siempre la misma ubicuidad maravillosa en los círculos de la juventud aristocrática, que le franqueaban la protección y la confianza de la Santa María. Siempre la misma pluma, que así anotaba partidas de sal y tabaco en la modesta oficina, como escribía idilios y elegías, madrigales y sonetos a centenares de Filis y millares de Zaidas. Siempre el mismo lujo erudito, el mismo debordamiento del Diccionario de la conversación, mina de su saber, arsenal de su Musa, jardín de sus deleites y panacea de sus dolores. Siempre la misma suma cortesía oficinesca, la misma galantería comedida y honesta de los héroes de Calderón y Moreto, para quienes la cualidad de señora era sinónima de la dignidad de reina. Siempre, en fin, las mismas castas y platónicas ansias de ofrecer su corazón a todas las bellas, buscando una Laura como Petrarca, una Beatrice como Dante, una Eleonora como Tasso, sin haber encontrado aún al cabo de cincuenta, y cinco años, no ya una Badda para lo que tenía de Recaredo, pero ni siquiera una Coneja para lo que tenía de Conejo!...

Los dioses, sin embargo, comenzaban a serle propicios: Cupido y el Destino, el ciego Fatum, que dijeron los antiguos, hijo del Caos y de la Noche, habíanse aliado la anterior en casa de la Condesa de Pineda, para hacerle salir de compadre con Pepita Ordóñez, beldad por quien más de una vez se había perfumado las patillas y ungido la extensa calvicie con relumbrante clara de huevo.

Corría, sin embargo, el rumor de que no era la clemente benevolencia de aquellas deidades, sino la tramposa malevolencia de algunos humanos, la que había proporcionado a D. Recaredo aquella satisfacción a trueque de jugar a Pepita aquella mala pasada. Era sin embargo cierto, que si trampa hubo en la extracción de las cédulas, habíanla ignorado hasta después de hecha Mercedes y su hermano, y apresuráronse luego a visitar a Pepita para paliar en lo posible el berrenchín que su compadrazgo con el vate había de causarle.

Entró, pues, D. Recaredo en alas de sus esperanzas, vestido con particular esmero, pantalón y guantes claros, entallada levita negra, con un botoncito azul y blanco en el ojal, símbolo de la cruz de Carlos III con que la Restauración había premiado días antes sus veintitrés años de servicios en las oficinas de Rentas Estancadas. Traía en la mano una magnífica camelia roja, en cuyo centro había arrollado cuidadosamente las dos cédulas del compadrazgo.

Saludó reverente a doña Angustias, placentero a Mercedes, amistoso al Condesito, y cuadrándose ante Pepita con una mano sobre el pecho, presentole con la otra la hermosa flor, diciendo:

-Permítame V., bella Pepita, que con permiso de su señora madre, mi venerada doña Angustias, le ofrezca en esta flor el destino de los hados...

Mercedes y Pepito reían a carcajadas sin ningún disimulo, y Pepita, furiosa con los hados que tan mala partida le jugaban, la pegó con ellos diciendo:

-Mire V., D. Recaredo... Deje a los hados quietos en su casa, que ya podían haber sido conmigo más benignos.

-Conmigo no, Pepita bella, y por eso les doy gracias reverente...

-¡Pues ya las merecen!... ¡Una comadre tuerta!...

-¿Tuerta? -repitió D. Recaredo.

Y reparando en el ojo hinchado de Pepita, que disparaba contra él un rayo de mal disimulada ira, añadió cándidamente:

-¡Calla!... ¡Pues es verdad!... Es decir, se corrigió aterrado de su descortés franqueza; es verdad... que sobraba un sol en ese cielo y por eso se ha eclipsado uno... Que si de tuertos hablamos -prosiguió despeñándose en el abismo de su erudición- tuerto era el insigne caudillo Aníbal y tuerta también la Princesa de Éboli, la dama más hermosa de su tiempo... Por cierto que lo disimulaba con un bucle de sus cabellos, que dejaba caer sobre el ojo averiado...

-Dispense V., D. Recaredo -le interrumpió el Condesito-. Mil veces he visto en Madrid, en casa de Pastrana, el retrato de la Princesa, su antecesora, y no hay allí rizo ninguno... Lo único que hay es, un parche tamaño como un plato, que le tapa el ojo derecho.

-Me permito dudarlo, queridísimo Conde -replicó D. Recaredo que tenía más fe en el Diccionario de la conversación, donde había encontrado este dato, que en la infalibilidad misma de la Iglesia-. Pero a pesar de todo; vaya, que sea... Tuerto era también el infante D. Juan; tuerto el moro Muza...

-¡Don Recaredo, por Dios! -exclamó Mercedes-. Acabe V. ya con el catálogo de los tuertos, si ha de venir a comparar a Pepita con el moro Muza.

-Permítame V. que mencione a Camoens... Nada más que al dulcísimo Camoens, aquel que cantó:

Aquella captiva
Que me ten captivo...

Y al decir esto D. Recaredo, repartía los papeles de captivo y de captiva, indicando alternativamente a Pepita e indicándose a sí mismo.

-¡Ojalá y fuera cierto! -exclamó la captiva cada vez más irritada-. Si yo le tuviera a V. cautivo, ya le encerraría donde no le diera el aire.

-Enciérreme V. en su corazón, Pepita bella, y yo le prometo no echar de menos ni el oxígeno ni el nitrógeno.

Pepita iba a protestar contra aquel amoroso análisis químico del aire, mas la puerta se abrió en aquel momento para dar paso a la roteña, que mirando a D. Recaredo con cierto aire conspirador que revelaba mutuas inteligencias, preguntó:

-¿Lo entro ya?...

Turbose un tanto D. Recaredo, y contestó perplejo:

-Sí..., no..., espera... Bien; éntralo...

Y como viese que Mercedes y Pepito le miraban atónitos, doña Angustias pasmada y Pepita con ganas de sacarle los ojos, añadió dirigiéndose a la viuda:

-Mi señora doña Angustias... Digo a V. lo de Temístocles a Euribiades antes de la batalla de Salamina, ¡pega, pero escucha!... Confieso que me he excedido, dando órdenes a su leal doméstica; pero no me condene V. todavía... Espere un momento.

No fue necesario esperar mucho: tornose a abrir la puerta de un vigoroso puntapié, y apareció de nuevo la roteña sofocadísima, sosteniendo con ambas manos un enorme ramillete de dulces, que terminaba en una tierna alegoría de azúcar coloreada. Una blanca paloma del tamaño de un gorrión grande, hallábase posada sobre una roca de piñonate: al pie yacía sobre un montón de huevo hilado, un diminuto cazador de rubia cabellera, traspasado de parte a parte por una enorme flecha del propio carcaj que a la espalda traía. En una mano levantaba el moribundo Nemrod de azúcar el arco todavía armado, y sostenía con la otra una banderita en que con caracteres dorados se hallaban impresos estos versos que firmaba D. Recaredo:

A mi bella comadre Pepita Ordóñez

¿Viste cuando un cazador,
Con paso lento y constante,
Sigue la caza adelante
Con afán y con ardor?...
Pues en el campo de amor
Ese cazador yo he sido,
Y no encontrando abatido
La caza que yo tiré,
Volví la cara y miré...
Que yo solo era el herido!!!

Era aquella torre monumental el regalo de compadre que hacía a Pepita D. Recaredo: la suerte había también decidido que fuese este regalo una paloma, y el galante vate encontró medio de confitar su pasión al mismo tiempo que su dádiva, como medio de hacerla dulce ya que no al corazón, al menos al paladar de la desdeñosa Pepita. Mercedes y su hermano se reían a carcajadas, y se acercaron a la roteña para examinar de cerca aquella obra maestra que había el amor inspirado a la confitura. Pepita creyéndose en ridículo a los ojos del Condesito, sentía vehementísimos impulsos de encasquetar en la pelada cabeza de D. Recaredo, a guisa de casco de Alcibiades, aquella pirámide de piñonates y de merengues. Doña Angustias, pasmada siempre, miraba a unos y miraba a otros, sin saber si reírse con los dos hermanos, o indignarse con su hija. Mientras tanto, D. Recaredo corría presuroso a la leal doméstica, y la ayudaba a colocar el dulce presente sobre un velador pequeño. A un gesto furioso de Pepita retirose la roteña, chupándose los dedos, pringados todos con el gran cerco de merengues que guarnecía los bordes del plato.

-¡Magnífico!... ¡Delicioso, D. Recaredo! -exclamaba Mercedes riendo como una loca-. Si esto recuerda aquello de Fernán Caballero... el regalo de D. Judas Tadeo Barbo a su adorada Casta... No le falta más que el letrerito:

Con que guste a Casta,

Basta.

-¡Tienes razón! -exclamó Pepita sin poder disimular por más tiempo ni la ira ni el bochorno. Mas para que el caso sea igual, falta una cosa...

-¿Pues qué falta?

-Que algún caritativo Pedro de Torres sustituya ese letrero, con aquel otro de que habla también Fernán:

Fue tan punzante el desdén y tan marcado el encono con que recalcó Pepita el último verso, que el sensible D. Recaredo pensó desmayarse, y asustado Pepito de la tormenta que amenazaba, quiso conjurarla distrayendo al vate.

-Pero D. Recaredo -le dijo- este artista no ha tenido en cuenta las dimensiones... La paloma es un avestruz junto al cazador: si éste quisiera montarla, podría correr en ella como los negros somalís en los avestruces... justamente al pasar ahora por Sajonia, vi en Dresde una de estas carreras divertidísimas...

-Pues lo que es al retratarlo a V., ha estado magnánimo-añadió Mercedes con la misma buena intención del Condesito, indicando al mísero cazador, moribundo en su lecho de huevo hilado-. Vea V., le ha puesto una cabellera dorada, que ni la del rey Absalón.

-¿Y qué quiere V. bella Mercedes? -replicó lastimeramente D. Recaredo-. No soy yo ningún Alejandro para mandar que no me retrate en tabla más que Apeles, ni en bronce más que Lisipo, según asegura Plinio... Si el confitero me ha retratado en azúcar, dándome una cabellera que no tengo, Dios le premie la buena obra... ¡Ay!, ¡bien veo que no es el amor, sino a la ocasión, a la que pintan calva!...

Y apoyándose en el brazo de Pepito con el aire de un Abelardo desahuciado, añadió muy quedo, indicando a la esquiva beldad, que llamaba siempre su dulce tirana:

¡Y la cruel, a más amor, más gata!...

VIII

Otro golpe más rudo todavía esperaba a la vanidosa Pepita, en aquella mañana tan fecunda para ella en desilusiones y berrinches. A la anterior algazara había sucedido uno de esos silencios embarazosos que tienen mucho de cómicos y tan peligrosos son para las personas propensas a la risa. Mercedes, que lo era mucho, y Pepito que no lo era poco, habían vuelto a sus asientos, procurando a duras penas mantenerse serios.

Mortificado D. Recaredo, habíase sentado en el filo de una silla, y limpiaba los cristales de sus lentes, con un pañuelo perfumado con agua de Colonia, repasando en la memoria, para consolarse, la disertación que había preparado sobre los estrechos, y las diversas etimologías de la palabra compadre.

Pepita, vuelta casi la espalda al desairado vate, procuraba interesar al Condesito desgarrando su pecho, con una tos muy semejante a la que había oído a la última prima donna, que destrozó en el teatro de Z.** el asqueroso papel de Violeta Valery. Por su parte doña Angustias, compadecida de la poca airosa situación de D. Recaredo, rompió al fin el silencio preguntándole con su oportunidad de costumbre, si habían quitado ya en la oficina las esteras de invierno.

-No tienen que quitarlas, señora mía -respondió el vate- porque no las ponen en ningún tiempo.

-¡Mujer! -exclamó pasmada doña Angustias.

Y encontrando D. Recaredo en el pasmo de la señora y el episodio de las esteras, ocasión oportuna para lucir su discurso, endilgó a doña Angustias, a falta de otro auditorio, todo lo que había leído aquella mañana en el Diccionario de la conversación, acerca del origen y uso de los (estrechos, desde el arca de Noé hasta el año corriente de la era cristiana.

Mientras tanto procuraba Pepito distraer con otro de los fines de su visita a la dulce tirana de D. Recaredo, preguntándole sencillamente por su prima Teresa.

-¿Teresa? -exclamó Pepita tan extrañada como si le preguntase por la cocinera-. ¿Pero acaso V. la conoce?...

-No la conozco -replicó Pepito- pero anoche justamente he salido con ella de compadre...

El golpe fue cruel, y Pepita no pudo disimularlo... Horrible suerte era para ella salir de comadre con D. Recaredo; pero que Teresa saliese con el Condesito, era cosa que no podía soportar su susceptibilidad femenina, y su imaginación comenzó a correr como de costumbre en alas de la envidia, viendo ya a Teresa, a la beata Teresa, a la íntima de Rosita Piña, a la amiga de toda la cursilería santurrona, subiendo como para sí misma había soñado ella, de comadre de Pepito a Condesa de Pineda; de embajadora en Berlín, en Londres, en París, en Viena, luciendo por las cortes de Europa, su, su (de ella, de Pepita) corona de nueve perlas, mientras la reina de salón, la linda, la célebre Pepita Ordóñez, se quedaba en Z.** de empleada en Rentas Estancadas, con seis mil reales de sueldo, siendo la Laura de aquel Petrarca sin un pelo que tenía delante, siendo para todo el mundo la Señora de Conejo!!! ¡Ni al mismísimo diablo se le podía ocurrir burla más sangrienta!... ¡E ignoraba la pobrecilla que eran encubridores de la cruel burla, el mismo Condesito objeto de sus ansias, y la misma Mercedes, su amiga del alma! ¡Fíese V. de las cosas de este mundo!...

Pepita sintió realmente que de nuevo le amagaba el ataque de nervios. Púsola primero pálida la ira, luego verde la envidia, y fingiendo una carcajada que quería ser espontánea y era sólo nerviosa, exclamó atropellando hasta por el reparo natural que debía infundirle la presencia del inofensivo D. Recaredo:

-¿Usted compadre de Teresa?... ¡Jesús!... ¡Ya me consuelo... Gracias a Dios que no soy yo la única que queda en ridículo!...

Y de tal manera esforzaba Pepita sus carcajadas, que hasta se olvidó de mantener ocultas bajo el vestido, las cínicas babuchas de pellejo de conejo...

-¡Pero qué ocurrencia Dios mío! -decía-. ¡Compadre de Teresa!... Pues es menester que se presente V. a ella con estola y con roquete...

-Pero, mujer -exclamó Mercedes sorprendida- ¿qué tienes con Teresa?... Pues es una muchacha guapísima y muy agradable...

-¿Agradable Teresa? -gritó Pepita echando rayos por el ojo sano y centellas por el lisiado-. Ya quisiera yo que la hubieses oído explicarse aquí mismo, ayer por la mañana... No te tocaba a ti chica parte...

-¿A mí?...

-Lo que oyes -replicó Pepita, que sabía bien donde apuntaba-. Decía que era un escándalo que las Hijas de María fuéramos a tu casa, habiendo comunión a la otra mañana: que todas estábamos en pecado mortal...

-Pues para que veas -la interrumpió muy sentida Mercedes- ni una sola de las Hijas de María que convidé, ha faltado anoche en casa...

-Lo cual indica, según Teresa, que ninguna tiene juicio; que todas están excomulgadas...

-¡Pero, hija! -exclamaba apurada doña Angustias-. Si Teresa no ha dicho nada de eso...

-¡Calla, mamá!

-¿Cómo he de callar, si no sabes lo que estás diciendo?... Lo único que decía Teresa era, que no le parecía bien estar hasta la madrugada de baile, para ir luego a comulgar por la mañana... Que era preciso optar por una cosa o por otra, y que aun prescindiendo de lo que ambas son en sí, era más obligatorio en las Hijas de María cumplir su reglamento, que echar las cédulas de compadres...

-¡Pues llámele V. hache!...

-Pues le llamo erre, que es cosa muy distinta -replicó doña Angustias-. ¿No es verdad, D. Recaredo?

Viose el vate comprometido, y no queriendo disgustar ni a la madre ni a la hija, tomó por el camino de su erudición diciendo:

-Siempre han sido lo mismo las Hijas de María... Ya en la Edad Media...

-Pero si hablamos de la edad entera, don Recaredo...

-Pues por eso digo a V. lo que cierto Obispo a la reina Ana de Austria, madre de Luis XIV -replicó el erudito hallando al fin una respuesta más aguda de lo que él mismo pensaba-. Consultábale la Reina si era lícito asistir a ciertas comedias de las cuales no perdía ella una, por ser muy aficionada, y el Obispo le contestó: Señora hay grandes razones en contra, y un alto ejemplo en pro...

-Pues yo creo -dijo pausadamente el Condesito, que había seguido con suma atención la acalorada polémica- que su primita de V. Teresa hablaba como un libro; y cierto estoy de que si mi madre hubiera sabido el compromiso en que ponía su convite a todas esas señoritas, hubiese dejado su fiesta para otro día.

-¡Oh, lo que es eso de seguro! -exclamó Mercedes-. La suerte fue que la papeleta de la comunión llegó tarde a casa, y mamá no la vio siquiera; que si no, nos quedamos sin compadres...

-¿Pero por qué, por qué? -chilló Pepita más rabiosa cuanto más contrariada.

-Por la misma razón -replicó Pepito con igual pausa- que si mañana hubiera un besamanos en Palacio, sería una falta de respeto al Rey, dar una fiesta a la misma hora, que quitase la concurrencia a la que él daba.

Pasmábase Pepita de oír así hablar al Condesito, y con una de esas risitas de dientes a fuera que llaman del conejo, le dijo al cabo:

-¡Vamos, vamos!... Ya se conoce que ha estudiado V. con los Jesuitas.

-Y no me pesa que así sea -replicó muy serio Pepito-. Pero tenga V. en cuenta que al decir lo que digo hablo sólo de tejas abajo, que si hablara de tejas arriba -declaro mi incompetencia- pero creo que pudiera decirse mucho más todavía.

-¡Jesús y qué puritano ha vuelto V. de Bruselas!... Ya veo que no era tan disparatado como yo creía, su compadrazgo de V. con Teresa...

-Desde que oí cómo pensaba ella me pareció a mí lo mismo -respondió Pepito- y le aseguro a V. que tengo ya ganas de conocerla.

-Pues ahí la tiene V. -replicó vivamente Pepita señalando a la puerta.

Y arrojando al retirarse el traidor dardo del Parto, añadió con rabiosa burla, pero muy bajo, para que no le oyera doña Angustias:

-Pues mucho cuidado, Pepito... que anda de por medio cierto caballero que llaman Minuto, sacristán de la parroquia de San Marcos...

Pepito comenzó a sospechar la razón de las malévolas insinuaciones de la Ordóñez, y mirándola un momento con ese justo desdén que inspira a los hombres superiores, la mujer que baja del alto pedestal del decoro, para, como vulgarmente se dice, meterse por los ojos, volviose bruscamente hacia la puerta.

En ella había aparecido Teresa, y allí se detuvo un momento: su alta estatura y la airosa mantilla que cubriéndole parte del rostro, caía en anchos pliegues por delante, le daba cierta semejanza con la famosa estatua del Pudor (Pudicitia) que se admira en Roma, como una de las obras más acabadas del arte antiguo. Detrás de ella asomaba la exigua figura de Rosita Piña; y ambas volvían de la función de las Hijas de María, después de terminado el almuerzo de las viejas, y el reparto de los lotes de ropa.

-¡Entra, Teresa, entra! -le dijo cariñosamente doña Angustias-. Aquí están Mercedes y su hermano el Conde de Pineda, que quiere conocerte... Anoche ha salido contigo de compadre...

Un vivo sonrosado cubrió el rostro de Teresa, realzando su cándida sonrisa, como si la hiciera aparecer en el fondo de una rosa. Saludó a todos sin cortedad ni encogimiento, y fue a sentarse al lado de su prima, que no se dignó saludarla, ni tampoco a Rosita Piña. Don Recaredo había cedido a ésta cortésmente su asiento, y el Condesito, sentado al otro lado de Teresa, observaba atentamente la modestia de su traje, realzada por ese encanto que presta a la sencillez la elegancia natural, que es con respecto al lujo, lo que el gusto con respecto a las artes.

-¿Sabe V. -le dijo con una voz suave y cariñosa que hasta entonces nunca le había oído Pepita- que me encuentro en un compromiso?...

-¿Un compromiso? -repitió Teresa.

-Sí, y V. es la causa de ello...

-¿Yo?...

-Usted misma... porque a fuer de caballero, tengo que cumplir mis deberes de compadre, regalando a V. lo que indica esta cédula...

Y Pepito sacaba del guante una cedulita arrollada, mientras Teresa le miraba con cierto candoroso asombro.

-Aquí está indicado el regalo -prosiguió el Condesito- pero es, por decirlo así, un regalo anónimo, y es menester que V. lo especifique... Oiga V. lo que dice...

Y Pepito leyó con mucha pausa, la siguiente cuarteta:

> *Que debe hacer un compadre*
> *Si es caballero de honor?*
> *Hacer el primer favor*
> *Que le pida su comadre.*

-¿Quiere V., pues, hacerme a mí uno grandísimo, diciéndome cuál debo yo de hacer a V. para cumplir como buen compadre?...

Cruzó al oír esto Teresa sus manos, que asomaban entre los vuelos de las mangas, bellas y correctas como algunas de Van-Dyck y del Ticiano, y exclamó con una sonrisa de gozoso asombro:

-¿Un favor?... ¿Lo oye V., Rosita?... ¡Un favor!... ¡Si esto parece cosa de milagro!... ¡Pues ya lo creo que se lo pediré!... Y uno muy grande tengo que pedirle... ¿No es verdad, tía Angustias?...

-Sí, por cierto -replicó vivamente la viuda, recordando el encargo que la víspera le había dado Teresa-. Anoche mismo llevaba yo la comisión de pedírselo a V. en su nombre, Pepito.

-Pues esto si que se llama llegar a tiempo -exclamó éste alegremente sorprendido-. Veamos, veamos cuál es ese favor que me proporciona a mí tanta dicha...

-Si es una cosa muy larga -dijo riendo Teresa.

-Pues a fe que no tenemos prisa.

-Y lo peor es que no estoy yo bien enterada...

-Pues entérese V. y dígamelo.

-¡No, no, ahora no! -exclamó Teresa que no quería referir delante de auditorio tan peligroso, la ridícula desventura de su amiga-. Primero tengo yo que hablar con Rosita...

-¡Hola, hola! -dijo picarescamente a ésta D. Recaredo-. ¿Es V. la ninfa Egeria de la bella Teresita?...

-¡No, no, no, señor!... Soy la secretaria de las Señoritas del Ropero -exclamó Rosita Piña aturdida y escandalizada al oírse llamar ninfa.

-Lo uno no quita a lo otro -replicó el galante vate- y bien merece Egeria tan prudente un Numa Pompilio tan bello.

-¡Pero señor, qué misterios! -dijo Pepita Ordóñez prosiguiendo en su sana intención de poner en ridículo a Teresa-. ¿Si querrán entre las dos hacerle conseguir a V. del gobierno que nombren obispo a su amigo Minuto, el sacristán de San Marcos?...

-¡Jesús, qué ocurrencia! -exclamó riendo Teresa-. ¡Qué cosas tienes!... No le haga V. caso... El favor que tengo que pedirle, se lo dirá a V. esta señora -añadió indicando a Rosita-. Yo se lo ruego a V. encarecidamente.

Pepito se volvió hacia la difunta oficial cuya resurrección le confiaban, e inclinándose ante ella como hubiera podido hacer ante la dama más empingorotada de la corte, le dijo:

-Ya tendré el gusto de ponerme a sus órdenes.

Y sin insistir más, varió la conversación, preguntando a Teresa por la fiesta de las Hijas de María... ¡Oh, todo había estado brillantísimo! ¡Qué función tan hermosa aquélla!... Ganas de llorar daba ver aquellas pobres viejecitas, arrastrándose hacia el comulgatorio, cuajado de luces, sembrado de flores, envuelto en las perfumadas nubes del incienso como si la Majestad divina quisiese desplegar toda su pompa, para probar a aquellos infelices con cuánta verdad dijo, que los últimos son los primeros, que todo el que a él llega es recibido, que toda tribulación encuentra en él descanso, paz, consuelo...

Y en el almuerzo, ¡cuánto había gozado luego Teresa! Porque a ella le gustaban mucho los viejos; parecíanle como seres de otro mundo, que llevan ya en la frente un destello de la inmortalidad. Esto le parecían a ella las canas; un rayito de la luz del cielo, que comunica a la cabellera del anciano los reflejos de la plata... ¡Y qué contentas estaban las viejecitas! Habían almorzado arroz con almejas y luego bacalao en blanco y de postre torrijas y café con leche. Una de ellas se empeñó en hacer probar a Teresa el arroz en su propia cuchara. ¡Qué risa entonces! A ella le daba un poco de asco, pero lo tomó sin titubear, por no disgustar a la pobrecita. ¡Cuesta tan poco hacer feliz a un humilde y queda luego en el corazón una dicha tan grande, tan dulce, tan santa!... Sólo un contratiempo hubo en toda la fiesta: a una vieja octogenaria le dio un accidente. ¡Y qué susto se llevó Teresa!... Estaba ella junto a la anciana y pudo recibirla en sus brazos: media hora larga se estuvo quietita, quietita, sosteniendo sobre su seno aquella cabeza decrépita, sin moverse, sin respirar apenas por miedo de molestarla, pidiendo a la Virgen Santísima que no se muriera aquella pobrecita, que tenía unos nietos tan chiquitos, tan monos, tan pobres... Y la verdad, la verdad, que también le daba a ella un poquillo de miedo de que se le quedase muerta encima, así de pronto, de pronto...

El Condesito escuchaba a Teresa embelesado con esa especie de ternura cariñosa con que se oye la ingenua charla de un niño... De repente vino a sacarlo de su arrobamiento un chillido agudo, uno de esos chillidos que solo da la mujer cuando la matan o cuando cruza un ratón rápidamente la estancia, meneando a compás el largo rabito.

Espantáronse todos; D. Recaredo dio un salto espontáneo como para echar a correr, y echó luego mano a la caja de las gafas, como hubiera podido empuñar un revólver. Pepita inclinada hacia atrás en la silla, recogidos casi los pies en el asiento, apuntaba con un dedo a Teresa chillando:

-¡Allí!, ¡allí!... ¡En la mantilla!...

-¿Qué? -exclamaron todos.

-¡¡Un piojo!!...

Creció el espanto. Asustada también Teresa, comenzó a sacudirse la mantilla.

-¡No, no! -gritaba Pepita- ¡que lo vas a tirar!... ¡Estate quieta!...

Abochornada entonces la muchacha, paseó en torno una mirada angustiosa, como pidiendo auxilio. Nadie se lo prestaba y ella sentía crecer en su imaginación, hasta tomar las proporciones de un cocodrilo, al asqueroso insecto, que sin duda le había dejado allí la anciana desmayada. Acercose entonces el Condesito, y con la punta de sus enguantados dedos cogió al feísimo bicho en los encajes mismos de la mantilla.

-¡Que se va a escapar! -gritaba Pepita-. ¡No lo tire V. dentro!... ¡Tírelo a la calle!...

-¿A la calle? -dijo con mucha paz el Condesito-. ¿Así cree V. que tiro yo las perlas?...

Y sacando con gran sosiego su cartera de piel de Rusia, le arrancó una hoja, lió en ella al piojo y se lo guardó tranquilamente en el bolsillo.

-¡Jesús, qué extravagancia! -exclamó Pepita estupefacta-. ¡Tal para cual!... La comadre recoge esas reliquias de sus adoradas viejas, y el compadre las va coleccionando... Cuando vaya V. a Inglaterra, quizá algún lord excéntrico le compre la colección.

-No cambiaría yo este ejemplar, ni por el mismo palacio de Windsor -contestó Pepito.

-Pues si va V. allí de embajador -dijo Pepita con rabiosa malicia-bien puede llevar de embajadora a su comadre... No le faltará un collar de esas riquísimas perlas.

Despidiéronse todos al cabo, y al salir D. Recaredo, dijo tímidamente a Pepita, indicando su monumental regalo:

-¿Pero es posible, bellísima Pepita, que no me dé V. el gusto de comerse en mi presencia siquiera uno de esos arquitos de piñonate?...

-¡Ni un piñón, D. Recaredo!

-¿Pero por qué, Pepita bella?... En el siglo XV inventó el holandés Buckalz la industria de salar los arenques, y el emperador Carlos V honró su memoria comiéndose uno sobre su sepulcro.

-Pues cuando V. se muera, me comeré yo sobre el suyo una docena de merengues -respondió Pepita.

Don Recaredo bajó la cabeza y dio lentamente dos pasos hacia la puerta; mas volviéndose de repente a su ingrata comadre, exclamó con el ademán de Elvino en la Sonámbula:

¡Ah!... per chè non posso odiarti?...

IX

De malísimo humor volvió aquella mañana a su casa el buen P. Rodríguez. La función había estado magnífica, el cuadro edificante, los resultados prácticos y santos... Pero el grupito aristocrático, la crême, l'élite, las señoritas hupées del Palomarico de la Virgen que en su bendita ignorancia de esta jerga de salón, llamaba sencillamente el buen Padre, como en tiempos de D. Ramón de la Cruz, las Currutacas, habían brillado por su ausencia, sin pizca de respeto a las terminantes prescripciones del reglamento. Ignoraba el P. Rodríguez la causa, y se extrañaba y desesperaba porque de las diecinueve Currutacas, Hijas de María, solo cinco habían asistido a la solemne comunión de las viejas.

El buen señor comenzó a devorar con bastante apetito un resto del arroz con almejas y el bacalao en blanco que habían servido en el almuerzo de aquéllas, y para no perder tiempo, leía a la vez El Eco de Z.**, periódico de la localidad, sosteniéndolo a guisa de atril en la botella del vino tinto que usaba en sus comidas.

Preocupábale mucho la cuestión que por aquel entonces discutían las Cortes, sobre la Unidad Católica, y buscaba con avidez noticias de tan transcendental suceso. Ni una sola traía el periódico: ocupaba casi toda la primera plana, un largo artículo firmado por Fin-Flan, cronista de los salones elegantes de Z.**. El Padre Rodríguez volvió incomodado la hoja del periódico, mascullando:

-¡Majaderías!... ¡Pague V. cuatro pesetas al año para esto!...

Un nombre conocido pasó sin embargo ante su vista, llamándole la atención: hablábase allí de Serafinita Portazgo, Currutaca número uno, entre las varias que tenía él montadas en la punta de las narices.

-¡Toma! -exclamó el P. Rodríguez-. ¡Pues ya está aquí la púa del trompo!...

Y soltando la cuchara, púsose a leer por encima de las gafas el almibarado artículo, Fin-Flan no comenzaba su crónica como Jerónimo Paturot la suya, noticiando a las adorables Marquesas y espirituales Duquesas, que había comprado un canario; limitábase a invocar a Calíope, Euterpe y Terpsícore, y pasaba a asegurar luego que la noche había estado fresca. Narraba después con entonación épica la espléndida fiesta dada por la ilustre Condesa de Pineda, en obsequio de su hijo primogénito, recién llegado de Bruselas, y mojando a última hora la pluma en bandolina, concluía enumerando las señoras y señoritas que habían adornado con su presencia los suntuosos salones. Entre estas últimas, descubrió el P. Rodríguez con grande asombro, a las catorce prófugas de la comunión de aquella mañana. Para todas tenía Fin-Flan un epíteto lisonjero; unas eran bellas, otras lindas, otras elegantes. A las que no tenía ya el diablo por donde desecharlas, llamábalas discretas o simpáticas, y a veces espirituales.

-¿Lo ve V.?... ¿Lo ve V? -decía el P. Rodríguez aporreando el periódico-. Lo que yo digo... Hijas de María y sobrinas del diablo...

Mas su asombro creció de punto y llegó a convertirse en ira, cuando prosiguiendo su lectura vino a encontrar un poco más allá de las catorce prófugas, a las otras cinco Currutacas que había visto él por la mañana en la comunión, muy liaditas en sus mantillas, con los ojitos bajos, tan tiesecitas y devotas como si no hubiesen roto un plato en todos los días de su vida,

-¡Esto sí que no pasa! -exclamó el P. Rodríguez-. ¡No pasa y no pasa!... ¡Podrán divertirse conmigo, pero lo que es con Dios no se divierten! Deus non irridetur!... Que se vayan al baile y dejen la comunión si les da la gana, que después de todo, yo no puedo prohibirles en rigor que vayan a una casa honrada, a unas diversiones que son de suyo lícitas, por más que para muchas sean peligrosas. Pero que se estén bailando hasta las tres de la madrugada, como este mentecato Fin-Flan asegura, y vengan luego a recibir a Dios a las siete de la mañana como si tal cosa; que se confiesen conmigo las cinco una tras de otra, y no me digan una sola palabra de la preparación que han tenido, ¡esto no pasa y no pasa!... Deus non irridetur!

Y el P. Rodríguez, que era hombre ejecutivo, se levantó de la mesa desairando un trozo de queso que le aguardaba, y se encerró en su despacho. Allí escribió a la Presidenta de la Hijas de María una esquelita, ordenándole que reuniese el Consejo, y se procediera a la expulsión de aquellas cinco señoritas, hechas sin duda de acero de Birmingham, cuando después de bailar hasta las tres de la madrugada, tenían todavía fuerzas para darse golpes de pecho de las siete en adelante. Delenda Cartago, que hubiera dicho D. Recaredo Conejo.

Alborotose la Presidenta, protestó el Consejo, dividiose la plebe, y el P. Rodríguez, firme siempre en su terrible y oportuno Deus non irridetur, les dio a escoger entre su dimisión del cargo de Director espiritual, o la expulsión de las cinco señoritas delincuentes. Las Currutacas optaron, como era natural, por lo primero, y dejaron de ser Hijas de María, para formar otra Congregación aparte: lo malo para ellas fue, que ni buscándolo con un candil, encontraron Director espiritual: el único a propósito hubiera sido Fin-Flan, y nunca había pensado en recibir las órdenes.

En medio de estas perplejidades y angustias, desazones y trastornos que tan de cerca le tocaban, hallábase a la mañana siguiente Rosita Piña, cuando oyó llamar discretamente a la puerta de su aposento. Supuso ella que por la parte de fuera habían dicho Ave María Purísima y se apresuró a contestar por la de dentro sin pecado concebida. Su sorpresa y su turbación fueron entonces grandes; encontrose frente a frente al Condesito de Pineda, que con el sombrero en la mano, le presentaba mil corteses excusas, por haber venido a importunarla.

-¡Nada, nada de eso, señor D. Conde!, ¡que diga, Sr. D. José!... Usted viene a su casa -exclamó aturdida Rosita-. Pero pase V. adelante... Tome V. asiento...

Y cada vez más aturrullada la pobre vieja, tropezó con el gato, echó a rodar la canastilla de la costura y quebró los anteojos, por ofrecer a Pepito la más cómoda de sus sillas. Sentose al cabo éste, y se volvió a levantar al punto de un solo salto; había sobre el asiento un escapulario del Carmen a medio hacer, y clavada en él la aguja con que Rosita lo estaba cosiendo. Atribulada ésta estuvo a pique de echarse a llorar, y Pepito procuraba tranquilizarla, rascándose suavemente el cogote, como si las ramificaciones de sus nervios le hiciesen sentir allí el escozor de la aguja.

Serenáronse al fin ambos de sus respectivas emociones, y Pepito, con esa sencilla espontaneidad del poderoso delicado, tan distinta del seco desdén del orgullo, que ofende, como de la afabilidad protectora de la vanidad, que humilla, suplicó a Rosita le dijese en qué podía serle útil a ella, y complacer al mismo tiempo a Teresa.

Tosió la difunta, púsose colorada, y comenzó a relatar los síntomas que habían precedido a su muerte, y los remedios que necesitaba su resurrección. Mordiose los labios el Condesito para no reírse, y comprendió con cuánta prudencia se había negado Teresa a referir aquella misma historia delante de la burlona Pepita y el inspirado D. Recaredo: aquélla hubiera encontrado en la aventura tela larga con que poner en ridículo a la inofensiva Rosita, y éste hubiera compuesto un poema de La muerta en vida, condenándola contra su gusto a la inmortalidad, como Silvio Pellico a Zanze, su joven carcelera.

El asunto pareció al Condesito de facilísimo arreglo: bastábale poner cuatro letras a un amigo, enviándole la fe de vida y la partida de bautismo de la infortunada víctima. Azorose poco Rosita al saber que era necesario entregar, aquella partida de bautismo, que con tanto cuidado recataba ella de los ojos profanos, y notando su turbación el Condesito, preguntole si veía en ello algún inconveniente. Tartamudeó Rosita algunas excusas, y concluyó diciendo si no sería lo mismo que mandase ella directamente al amigo de Madrid ambos documentos.

-Exactamente igual -respondió el Condesito encogiéndose de hombros-. Hoy escribiré yo, y mañana enviaré a V. las señas de mi amigo.

Y dando con naturalidad perfectamente fingida otro rumbo a la conversación, comenzó a hablar a Rosita Piña de las virtudes de su amiga Teresa. Aquí perdió pie la beata... ¡Aquello era de lo que nunca se había visto! ¡Imposible encontrar en el mundo entero otra criatura como Teresa!... Tenía ella la prudencia de Santa Brígida, la dulzura de Santa Catalina, el candor de Santa Rosa, y sobre todo, la discreción, la energía, la fuerza de voluntad y el corazón de fuego de su gran tutelar Teresa de Jesús, la Santa Madre, como la llamaba siempre Rosita, por llevar hábito del mismo color que el de su orden.

-Siempre que pienso en la Santa Madre -decía Rosita- me la figuro con la cara de Teresa... Hasta tiene un lunar aquí, junto a la boca, como la Santa tenía... ¡Y qué alma, qué alma la suya! ¡Qué corazón tan recio, como de sí misma decía la Santa Madre!... Mire V.; hace dos años se fue a pasar la vendimia con la familia del señor Magistral... Una noche estaba ya encerrada en su cuarto, sola, sola, solita... Mira para una ventana, y ve asomar por debajo de la cortina los pies de un hombre escondido... ¡Vamos! ¡Yo me muero allí mismo: me quedo tiesa, tiesa!... Pues ella, nada: ni chistó siquiera. Se fue para una cómoda que allí había, como si tal cosa; hizo como si la quisiera abrir, y salta y dice: -¡Toma!... Si me dejé las llaves en el comedor!- Y se va suavemente hacia la puerta, sale, echa el cerrojo por fuera, alborota entonces la casa, y prenden al ladrón...

-Y luego -prosiguió Rosita que no sabía acabar hablando de Teresa- con ese valor y esas agallas, que esto es lo raro, más suave que una malva, más humilde que la tierra... Mire V., había en el Corral de los Chícharos una vieja... ¡el demonio, señor Conde, el demonio!... Era de Madrid, y decían que cuando lo del año treinta y cuatro, mató a un fraile... Tenía un hijo tonelero, baldado de las piernas... La vieja cayó muy malita, y fui yo a visitarla por las de la Conferencia. Llevé a Teresa... ¡Aquello tenía que ver! Se puso a enseñarla el catecismo; y como le llevábamos los caldos, y venía el médico, y le cuidábamos al hijo, la vieja callaba y comía, callaba y comía... Pero una mañana se le revolvió el diablo en el cuerpo, y puso a Teresa como un trapo... Al otro día, Teresa allí: furiosa la vieja, la volvió a insultar... Al otro día, Teresa allí: la vieja entonces, ciega de rabia, la pegó con una alcuza en la cabeza, y le hizo en semejante sitio -y Rosita señalaba la parte superior de la sien izquierda- una brecha muy regular... Yo misma se la curé, y guardo el pañuelo con la sangre, como si fuese de un mártir... Al otro día... ¡señor Conde!... ¡Teresa allí!... La vieja se quedó como San Pablo, al caer del caballo...

-Pero señora -le dijo- ¿cómo es posible que después de lo que hice ayer, vuelva V. a mi casa a traerme socorros?...

Y le dice aquel ángel del cielo, con su cara de reina dando limosna:

-¿Y por qué no? Le estaba enseñando a V. la doctrina de palabra, y debo también enseñársela de obra5.

-¡Mire V.!... Yo me puse a llorar, a llorar, y me llevé llorando tres días, y la vieja lo mismo, y el tonelerillo igual. A la otra mañana se confesaron los dos, y al domingo siguiente, estaba ya la vieja en el cielo, gracias a Teresa, que fue el ángel de su guarda... Le aseguro a V., que yo beso el suelo que ella pisa... No me extrañaría que el día menos pensado hiciera milagros

El Condesito escuchaba sin pestañear, atusándose la finísima barba, y aprovechando aquel corto respiro de Rosita, dijo con su acostumbrada pausa:

-Todo eso es admirable: verdaderamente admirable... Pero lo que yo no comprendo es, cómo todas esas virtudes no la han llevado ya a un convento...

-¡Pues... eso digo yo!, ¡eso digo yo! -exclamó Rosita entusiasmada al ver que el Condesito traducía su pensamiento-. Esa niña debe de ser para Dios, porque no hay hombre que la merezca... Y a la hora menos pensada viene uno de esos mequetrefes del día, con sus manos lavadas, y se la lleva sin comerlo ni beberlo... ¡Pues!, para hacerla desgraciada...

-¿Pero ella -prosiguió el Condesito- no ha manifestado nunca deseos de ser monja?...

-Le diré a V. -contestó Rosita en sus glorias, adelantando el cuerpo hasta sentarse en el filo de la silla, y poniéndose el dedo en la punta de las narices-. Yo no lo sé de cierto, porque ella es reservadilla, o quizá, quizá soy yo curiosa... Pero sospecho que en otros tiempos hubo algo... algo... Ella es pobre y no tiene dote. ¿Me entiende V.?... Doña Angustias no ha de dárselo, y quizá, quizá por eso, el P. Rodríguez le quitó el monjío de la cabeza.

-Pues por falta de dote no debía de quedar -dijo el Condesito con marcada indiferencia-. Muchas personas hay que se lo darían con gusto, y yo por mi parte, guardando todos los miramientos de delicadeza que una señorita como ella merece, no tendría inconveniente en ofrecérselo...

-¡Ojalá, ojalá, ojalá! -exclamó Rosita llena de santo celo-. Eso sería mi sueño de oro; el deseo de toda mi vida... Verla Salesa...

El Condesito hizo una mueca indescifrable y se despidió de Rosita, ofreciéndola con la misma afable sencillez de antes, su influencia y sus servicios. Rosita le acompañó encantada hasta la escalera, y aquella tarde, en el taller de las Señoritas del Ropero daba cuenta a Teresa de la visita de su compadre, diciendo entusiasmada:

-¡Pero qué bello sujeto!... Se parece a San Juan Evangelista... ¡Y qué cristiano!...

Y a poco más se le escapa, para probar la cristiandad del Condesito, el deseo que había manifestado éste de dotar a Teresa; detúvose, sin embargo, a tiempo, y limitose a añadir en apoyo de sus tesis.

-Dos veces estornudó y dijo ¡Jesús!

A la mañana siguiente recibía Rosita una carta del Condesito, notificándole que la noche anterior había escrito a su amigo D. Alfonso de Guevara, haciéndole cargo de su negocio; añadíale también, que según el deseo manifestado por ella misma, podía enviar a nombre de este señor la fe de bautismo y la de vida, sin más señas que la del membrete. Aludía Pepito al que traía la carta, y era éste el de las oficinas del Ministerio de Estado.

-¡Muy bien! -dijo Rosita llena de satisfacción y confianza.

Y acto continuo metió ambos documentos en un sobre, lo cerró con una enorme oblea encarnada que le dio su vecino el capellán de monjas, y puso la dirección en esta forma:

Sr. D. Alfonso de Guevara,

en

MEMBRETE.

Ella misma echó en el buzón el enorme cartapacio, y como ignoraba quién fuese el patrono, sin duda bastante descuidado, de las oficinas de Correos, rezó al echarlo un Padre nuestro por el feliz arribo de su misiva, al arcángel San Rafael, abogado de los caminantes.

X

Y aquí debíamos de terminar la relación de esta historia, suponiendo como suponemos que el lector le habrá buscado ya un desenlace, casando a Teresa con el Condesito, y dándole numerosa y masculina sucesión. No es, sin embargo, tarea tan fácil la de inflar a un perro, que dijo el bueno de Cervantes, y no sucedió todo tan punto por punto como sin duda el lector desea. Volviose Pepito a Madrid a los quince días de su llegada a Z.**, sin haber visto a Teresa más que tres veces en casa de doña Angustias, y una en la distribución de premios de cierta escuela gratuita, adonde fue él acompañando a su hermana.

Pepita, que llevaba cuenta y razón de todos los pasos del Condesito, pudo averiguar que había celebrado una larga conferencia con el P. Rodríguez: supúsose entonces que había ido a presentarle las excusas de su madre, muy afligida por haber llegado a saber que su fiesta de compadres fue causa involuntaria de los trastornos del Palomarico de la Virgen y de la desbandada general de las Currutacas.

Transcurrió más de una semana sin que hubiese noticias de Pepito, ni las tuviera tampoco Rosita Piña de su resurrección oficial en la nómina del Montepío. Una mañana hacía labor doña Angustias en el gabinete bajo que ya conocemos, y Teresa, sentada a su lado, cosía en una pequeña maquinita de Singer, los eternos gorros, sayas y gabanes de las Señoritas del Ropero. Entró Pepita azorada y nerviosa, con una carta en la mano, que acababa de llegar para doña Angustias por el correo: traía en el sobre el sello del Ministerio de Estado, y veíase en el reverso un timbre azul muy elegante. Era una corona condal caprichosamente colgada del ojo de una P, hecha con grande esmero.

-¡Mamá... mamá! -gritaba Pepita alborotada creyendo sin duda que en aquella carta pedían su blanca mano- ¡Pepito te escribe!... Mira, es su letra. El sello del Ministerio, y detrás la corona... ¡Qué preciosa!... ¡Elegantísima!...

Pasmose doña Angustias, púsose las gafas y dio vueltas al papel entre las manos, con esa necia perplejidad de todo el que recibe una carta inesperada. Decidiose al fin a abrirla, y volvió a pasmarse de nuevo; habíase encontrado con otro segundo sobre, abierto y dirigido a Teresa.

-¡Mujer! -exclamó-. Si es para ti, Teresa...

-¿Para Teresa? -chilló Pepita, y por un movimiento espontáneo, hizo ademán de arrancársela de las manos.

Pero ya Teresa la tenía en las suyas, y la leía en silencio. Poco a poco fuese poniendo pálida, pálida como la cera, y luego roja, roja como una amapola: dejó escapar una débil tosecita, y llevose la mano al corazón como si la sangre la ahogara. Por un momento pareció temblar su alma entre sus húmedos labios, como en el cáliz de una flor una gota de rocío.

-¿Pero qué dice? -grito Pepita, que con febril curiosidad seguía todos sus movimientos.

Teresa le alargó la carta, ya repuesta del todo, diciendo:

-Nada de particular... léela si quieres... Habla del asunto de Rosita Piña.

Abalanzose Pepita Ordóñez al papel, con la impremeditación del perro a la sombra de la carne, y no pudo notar, por lo tanto, que la infelizota Teresa se guardaba otro pliego en el bolsillo de su bata, que venía también en el sobre, y era el que ella había leído.

Pepita leyó de una sola ojeada la carta, corta y ceremoniosa; en ella decía el Condesito que los documentos de Rosita Piña no habían llegado, y que se apresurase a enviarlos, porque sólo su llegada se esperaba para terminar aquel asunto, de manera muy ventajosa para la vetusta huérfana. Ignoraba Teresa que Rosita Piña los hubiese enviado camino de Membrete y dijo reanudando su tarea de la máquina:

-Sin duda se han perdido esos papeles... Será necesario avisar esta tarde a Rosita, que envíe otros nuevos.

Pepita meneó la cabeza, y no se dio por convencida: había ella observado muy bien la grande emoción de su prima, y aquella carta fría e indiferente no la justificaba. Comenzó, pues, a devanarse los sesos para explicársela, y creyó al fin haber dado en el clavo: indudable era que Teresa se hallaba tan enamorada del Condesito que la sola vista de su carta bastaba para hacerle perder su habitual calma.

-¿Qué tal la santita? -decíase con redoblado encono-. ¿Si creerá la muy necia que le va a hacer tragar el anzuelo, porque salió con él de comadre y le dijo cuatro flores de cumplimiento?... ¡Mentira parece que quepan ciertas ideas en algunas cabezas!... Pues yo le aseguro que he de estar al acecho, y como la coja en algo, se ha de reír a su costa el mundo entero...

Muchas cosas, sin embargo, se escaparon al ojo avizor de Pepita Ordóñez: escapósele primero que a la mañana siguiente tuvo Teresa una larga conferencia con el P. Rodríguez en el confesonario; escapósele después que aquella misma noche escribió una carta, que si no fue larga, debió de ser difícil, pues rompió tres o cuatro borradores que para ella hizo; escapósele, finalmente, que aquella carta fue remitida abierta a la Condesa de Pineda para que la hiciese llegar a manos de su hijo.

El día de la Virgen de las Mercedes recrudeciéronse todas las sospechas y temores que Pepita Ordóñez abrigaba. Celebrábase aquel día el santo de Mercedes Pineda, y la tarde antes vino ésta en compañía de su madre a suplicar a doña Angustias permitiese a Pepita comer al día siguiente con ellas, y también... a Teresa!

Enfurruñose la niña al oír la segunda parte del convite, y con inconcebible y grosera ligereza, apresurose a contestar que con mil amores iría ella, pero que dudaba mucho aceptase su prima. Su sorpresa y su indignación fueron, por lo tanto, grandes, al ver que sin perder un punto de su habitual calma, aceptó Teresa el convite como la cosa más natural del mundo.

-¿Pero con qué vestido vas a ir, criatura? -exclamó Pepita ahogándose de ira-. ¿No ves que estará allí todo Z.** y te presentarás hecha una facha?...

Echose a reír Teresa, y con su airecito zumbón, contestó encogiéndose de hombros:

-¡Bah!... No me faltarán cuatro trapitos que ponerme...

Y con tan buen gusto supo combinar sus cuatro trapitos, que al verla ya vestida su prima, tuvo que confesarse con impotente rabia, que no necesitaba Teresa vestirse de sedas para salir de la categoría de aquellas monas pretenciosas en que había querido ella colocarla.

La Condesa, mujer discreta y muy afable, prodigó a Teresa cariñosas atenciones, habló a solas con ella largo rato, sentola en la comida a su derecha, y al despedir a las dos primas, ya muy entrada la noche cogiola ambas manos, y la besó cariñosamente en la frente, como hubiera podido hacerlo una madre.

Pepita Ordóñez no se murió de repente, porque la envidia envenena y no mata; pero sintió varias veces que el ataque de nervios le amagaba. El instinto de esta mezquina pasión, exagerado, pero certero siempre, le decía a voces que allí había algo, algo grave que trocaba dentro de su corazón en rabiosa saña, esa tristeza del bien ajeno, en que consiste a la vez el tormento y la culpa de la envidia. La berlina de la Condesa condujo a las dos primas a su casa, y en todo el largo trayecto no se cruzó entre ellas una sola palabra.

A los pocos días hubo carreras de caballos en el Hipódromo, y Pepita esperaba que Mercedes la convidase: había preparado un vestido muy elegante, y hecho venir de Madrid un sombrerito a propósito y muy nuevo, que tenía la caprichosa forma de una gorrita de jockey. El convite llegó al fin, ¡pero en qué forma!... Mercedes escribía a Teresa upa esquelita ofreciéndole en nombre de su madre un asiento en el coche, y suplicándole hiciese a Pepita igual ofrecimiento...

¡Aquello no podía tolerarse!... ¿Convidarla a ella por medio de Teresa? ¿Relegarla al piso bajo de una postdata, en una carta dirigida a la santurrona? ¡Y esto lo hacía Mercedes, su amiga del alma!... Ganas le hubieran dado de tirarse por la ventana, si no las tuviera mayores de lucir en las carreras su gorrita de jockey! Por esto, y sólo por esto, ocultó Pepita sus rencores, esperando que Teresa se quedaría en casa como de costumbre, dejándole a ella todo el campo libre. Pero con gran sorpresa suya, la santurrona, impávida siempre y sin dar razón alguna de su conducta, aceptó el convite.

El furor de Pepita se desbordó entonces; insultó a su prima, faltó al respeto a doña Angustias, y diciendo que por nada del mundo se presentaría jamás en público con una cursilona que mantenía su madre de limosna, se encerró en su cuarto, dando un tremendo portazo. Allí se arañó la cara y se tiró de los pelos. Sosegose un poco, y comenzaron a pasar entonces por su imaginación, con esa tenaz persistencia con que el espíritu del mal aprovecha las tempestades del alma, para presentar la tentación de la culpa, desde la bellaquería hasta el crimen; desde la mezquindad hasta la infamia; desde rasgarle a Teresa el único traje decente que tenía, hasta levantarle una calumnia; desde tirarle al pozo sus únicas botas, hasta cortarle el cabello o sacarle los ojos!...

Por la ventana de su cuarto, atisbando detrás de las persianas entreabiertas, vio Pepita llegar el magnífico landó de la Condesa, con cuatro caballos a la D'Aumont; vio después salir a su prima y subir al carruaje, sentándose a la derecha de la dama, que la abrazó cariñosamente... Pepita estaba estupefacta. ¿Cómo diablos había arreglado la malvada aquel trajecillo blanco de alpaca, tan usado, casi harapiento, que parecía ahora tan flamante, tan de moda, como si acabase de salir de los talleres mismos de Lafernière de Worth?... ¿De dónde había sacado la ladrona, sí, la ladrona, la ladrona que le robaba sus amigos, su importancia, sus triunfos, su asiento en el coche?... ¿De dónde había sacado aquella seguridad, aquel aire de duquesa, aquella dulce majestad de reina dando limosna, feliz frase de Rosita Piña, que pintaba tan al vivo, la doble expresión de nobleza y de bondad, que caracterizaba la fisonomía de la pícara santurrona? Mentira parecía todo aquello, y Pepita llegó a creer por un momento en la varita de virtudes que a la puerca Cenicienta prestaba su madrina.

Los postiliones, con chaquetillas de terciopelo negro, calzón de punto blanco y botas de charol reluciente, terciaron sus látigos: arrancaron los cuatro caballos a un mismo tiempo, y el lujoso tren, digno de figurar en las llanuras de Chantyklli o en las de Epson, desapareció lentamente, con regia pausa, por la calle adelante. Angustiósele entonces el corazón a Pepita, y, rompió a llorar con la impetuosidad del despecho que se desborda, con la amargura de la envidia que se siente vencida... A la noche, otro nuevo golpe; un lacayo vino a avisar que la señorita Teresa no volvería hasta las once: se quedaba a comer con la Condesa de Pineda.

Teresa por su parte, habíase apresurado a notificar a Rosita Piña la pérdida de los documentos, y supo entonces por ella misma, que los había enviado a Membrete.

-¡Pero Rosita, por Dios! -exclamó Teresa riendo a carcajada tendida de la simplicidad de su amiga-. ¿En dónde está ese pueblo?... ¡Será cerca de Jauja!... Ya no me extraña que el arcángel San Rafael hiciera tan mal el encargo... Ni buscándolo en el Diccionario de Madoz, habría dado con Membrete...

Tuvo, pues, Rosita que sacar otra nueva fe de bautismo y otra de vida, y enviolas esta vez directamente al Condesito. Consideraba aquel contratiempo como un justo castigo de la Providencia divina, por su senil coquetería de ocultar la edad, y con ese santo espíritu de expiación, propia de las almas fuertes a la vez que humildes, se impuso el penoso sacrificio de publicar por todas partes la fecha de su nacimiento. Súpose entonces con general pasmo, que por el pasado Marzo había cumplido setenta y cuatro años. Iba con el siglo, como solía decir con cierto tonillo que indicaba bien a las claras el gusto con que hubiera visto al siglo pasar delante de ella.

Rosita envió sus documentos un martes, y al jueves siguiente recibía Teresa otra carta, dirigida esta vez a ella, con el sello del Ministerio de Estado, y la aristocrática corona colgando de la P por timbre. Entregáronsela delante de Pepita, y leyola en silencio, sin conmoverse en lo más mínimo.

-¿Pero qué dice? -chilló Pepita con su impertinencia acostumbrada, devorando la carta con los ojos.

-Una buena noticia -contestó Teresa impasible-. Que Rosita Piña tiene ya conseguida su pensión, y que por nuevos méritos averiguados de su padre, se la aumentan a quince duros... ¡Qué alegrón va a tener la pobrecilla!

Pepita Ordóñez seguía devorando el papel con la vista, y Teresa, ya fuese por cálculo, ya por descuido, levantose a poco, dejando sobre, el velador la carta... Pepita cayó en el lazo: abalanzóse a ella no bien salió Teresa, y sin escrúpulo de ningún género, la leyó de cabo a rabo. Era una carta fría y ceremoniosa como la anterior, y sólo en una frase encontró Pepita sospechosos miasmas: el Condesito llamaba siempre a Rosita Piña nuestra buena amiga...

Aquel nuestra, aquel pronombre posesivo en plural, que parecía establecer entre Teresa y Pepito cierta comunidad de bienes, se le atraganto a la de Ordóñez. Examinando detenidamente el sobre, halló otro dato alarmante: estaba éste demasiado dilatado, para haber contenido un solo plieguecillo. Indudable era que allí dentro había venido algo más que aquella carta que tenía en la mano. Pepita metió y sacó varias veces el pliego en el sobre, y acabó por convencerse de lo que sospechaba.

-¡Ah, raposa hipocritona! -exclamó fuera de sí la de Ordóñez-. Aquí hay gato encerrado, y el espantajo de Rosita les sirve de pantalla...

Y corriendo de puntillas se fue al cuarto de Teresa: ésta se había encerrado por dentro. Miró entonces Pepita por el agujero de la llave, y vio a su prima recostada contra el quicio de la ventana, leyendo atentamente una larga carta de dos pliegos.

-¡Los que venían en el sobre! -pensó Pepita; y esforzando la vista cuanto pudo, logró distinguir al frente de uno ellos, la malhadada P azul con la corona colgando.

¡Aquello era para volverse loca! ¿Qué enredos, qué misterios, qué trapisondas eran aquellas?... Si Pepita hubiera gastado pantalones, se hubiese paseado con las manos en los bolsillos, como hacía Napoleón en sus grandes perplejidades, cuando trataba de adivinar el plan estratégico de algún enemigo.

La Moda Elegante de aquella semana vino a dar nuevo rumbo a sus temores y más ancho campo a sus conjeturas, haciéndola respirar con más desahogo. Cierto era que se le escapaba a ella el Condesito; pero también lo era que no se lo llevaba Teresa, y bastaba esto para llenarla de cierta satisfacción rabiosa, algo semejante en lo ruin al gozo de un enano que pusiera el tacón sobre la cabeza de un Goliat; algo parecida en lo feroz y lo cobarde al del chacal que comenzara a hacer pedazos a un toro enfermo; porque así en los grandes crímenes que inspira, como en las grandes bajezas a que impulsa, la ferocidad y la cobardía son los dos rasgos distintivos de la envidia. En la crónica de salones, anunciaba el Fin-Flan de la corte varios matrimonios recientes, y algunos otros que se proyectaban: entre estos últimos, hacíase mención del próximo enlace del distinguido diplomático Conde de Pineda, con una bella Marquesa andaluza.

Pepita no quiso dernorar un momento el dar la noticia a Teresa, creyendo descargarle con esto un golpe terrible de muerte. Encontrola en el gabinete bajo, cosiendo en la maquinita de Singer un gorrito feísimo. Pepita le disparó el tiro a quemarropa, diciendo:

-¿Sabes que se casa Pepito?...

Teresa detuvo un momento la máquina, y contestó con su serena calma:

-¡Vaya una noticia!... Ayer se lo dijeron a Rosita Piña en casa de Portazgo.

El asombro dejó yerta a Pepita, y no pudiendo resistir a la curiosidad, preguntó al cabo dándose por vencida:

-¿Pero con quién se casa?...

-Con la Marquesa de la Rambla -respondió fríamente Teresa.

Y dando al manubrio de la máquina, la hizo prorrumpir en un rich, rich, rich, estridente y metálico, que parecía la carcajada del Destino, riéndose de Pepita.

Eacute;sta registró de cabo a rabo la Guía oficial de aquel año, y no halló ninguna Marquesa de la Rambla, ni aun entre los títulos pontificios. La Gaceta del 29 de Noviembre de 1875, vino tres días después a sacarla de dudas: publicaba una Real orden declarando a doña Teresa Ordóñez y Santisteban, capaz de percibir la orfandad que, como hija del difunto general de la Armada, D. José María Ordóñez, le correspondía, reintegrándole en bonos del Tesoro las pensiones atrasadas, y declarándola en posesión, libre de gastos, del título de Marquesa de la Rambla, cuyo expediente de sucesión había presentado en el Ministerio de Gracia y justicia el difunto general, en Febrero de 1868. El Gobierno de la Restauración que tan magnánimas condescendencias había tenido con tantos de sus traidores, hacía al fin justicia a uno de sus leales.

Publicose el decreto en 29 de Noviembre, supose en Z.*... el 30, y aquel mismo día recibió Teresa un oficio del Ministerio de Gracia y Justicia, poniendo oficialmente en su conocimiento la Real orden de Alfonso XII. Díjose entonces, que andaba en todo aquello la mano del Condesito, y corroborose este aserto cuando a los pocos días se presentó en casa de doña Angustias la Condesa de Pineda, a pedir para su hijo, con todo el ceremonial de costumbre, la mano de Teresa. El pasmo de la viuda dura todavía: obligación de justicia es consignar al mismo tiempo que su satisfacción tampoco ha cesado.

Las visitas de enhorabuena comenzaron a sucederse, sin que ninguna pudiese ver a Pepita. Estaba constipada, atrozmente constipada. Algunos días después logró verla D. Recaredo en casa de Portazgo.

-¿Lo ve V., bella Pepita? -le dijo-. Lo ve V. cómo los lazos del compadrazgo pueden estrecharse?...

-¿Y qué? -replicó Pepita verde de ira.

Don Recaredo miró al suelo, luego al techo, después a los lados, e invocando a Himeneo y demás númenes tutelares, tartamudeó con el esfuerzo supremo de quien acomete un imposible:

-Que lo mismo que Teresa y Pepito, podíamos nosotros estrechar los lazos que nos unen...

-¡A mí no me une ningún lazo con V.! -replicó Pepita furiosa-. ¿Se entera V. bien, don Recaredo?... El día en que me ahorque, le cederé un extremo de la cuerda para que haga lo mismo... Ése será el único lazo que nos una...

-¡Magnífico!... ¡Bellísimo!... ¡Sublime! -exclamó D. Recaredo con acento pindárico-. Moriremos juntos, como los amantes de Teruel, D. Diego de Marcilla y doña Isabel de Segura, nacidos en 1192, en dicha ciudad...

Y aquí relató el erudito de cabo a rabo la fe de bautismo de los famosos amantes, sin omitir el nombre de los padrinos, el del cura que los bautizó, y hasta el del monaguillo que hizo de acólito en la ceremonia.

Rosita Piña reventaba de satisfacción, y acudió presurosa a dar la enhorabuena a Teresa. Al ver al Condesito, le amenazó con el abanico, diciendo:

¡Ah pícaro!, ¡y me decía a mí que quería dotarla para que fuese Salesa!...

El Condesito se echó a reír, acordándose de su conferencia con Rosita Piña.

-Mire V., Rosita -le dijo- si a Teresa la llamara Dios, no sería yo seguramente quien se la disputase... Pero le voy a contar a V. un cuento popular que me refirió a mí en el Tyrol un guía de los Alpes, y que podrá quizá tranquilizarla6.

-Cuentan por allá que San Pedro tenía dos hermanas, una mayor que él, y otra más chica. Ésta entro en un convento, y San Pedro, muy satisfecho, quiso convencer a la otra para que hiciese lo mismo; pero ella le contestaba:

-No: prefiero casarme.

Todo el mundo sabe, que después de su martirio, quedó San Pedro nombrado portero del cielo. Un día le dijo el Señor:

-Pedro... Abre la puerta de par en par, porque debe de llegar hoy un alma muy grande.

San Pedro fue a abrir muy contento,. diciendo para su capote:

-Sin duda debe de ser mi hermana la monja.

Pero no fue el alma de la monja, sino la de la casada, la que llegó aquel día al cielo. Diole Dios un asiento muy alto, y San Pedro se dijo muy sorprendido:

-¿Qué guardará entonces para cuando venga mi hermana la monja?...

Algún tiempo después, le dijo el Señor de nuevo:

-Pedro... Abre la puerta... Pero no la abras del todo: abre solo el postiguillo.

-¿Quién llegará hoy? -pensó San Pedro.

Y a poco llegó el alma de su hermana la monja, que entró apretándose como pudo por aquellas estrechuras. Dios la colocó muy por debajo de su hermana la casada, y San Pedro se quedó estupefacto... Entonces comprendió lo que dice San Francisco de Sales, mi querida Rosita: que no consiste todo en el estado, sino en la perfección del eslado, que mediante siempre la gracia divina, depende únicamente de la voluntad del que lo profesa.

-Y por aquí podrá V. sacar -prosiguió el Condesito con su afable sonrisa, algún tanto impertinente- que no ha ido a parar Teresa a tan malas manos... Su futuro marido ha leído también los autores ascéticos.

XI

Celebrose al fin la boda de Teresa y de Pepito con grande pompa y aparato, siendo los padrinos el monarca reinante y su hermana la entonces Princesa de Asturias. El trousseau fue magnífico, y por una rara coincidencia, era la corona condal, regalada por el novio, en todo idéntica a la que había soñado Pepita: corona entera, con magníficos zafiros. A Pepita le pareció sin embargo muy chabacana, sin duda por lo que parecieron verdes a la zorra de la fábula las uvas de aquella parra.

Entre los regalos de boda, había dos muy notables por distintos conceptos. Una pililla de agua bendita de plata filigranada, regalo de Rosita Piña: en ella había al cabo gastado la infeliz el dinero que guardaba para su entierro, prefiriendo quedar insepulta, después de muerta, a pasar en vida la plaza de ingrata.

Era el otro regalo una cajita de valor incalculable, formada por una gran esmeralda, perfectamente ahuecada: cerrábala una perla de notable tamaño y otras seis iguales formaban cerco completo en torno de ella. Aquella riquísima joya encerraba solo un cadáver... El de aquel feliz piojo, recogido por Teresa con caridad tan grande, denunciado por Pepita con intención tan aviesa, y recogido por el Conde con tan singular galantería. A este asqueroso insecto, según aseguraba Pepito, debía su felicidad; porque su aparición en la mantilla de Teresa le había hecho fijarse en ella, y comprobar despacio las raras virtudes de la que era ya su esposa.

-Pues es un romanticismo de muy mal gusto -había opinado Pepita- o mejor dicho, es... una grandísima porquería!!!...

Y aquí volveríamos a poner punto final, y ya definitivo a nuestra narración, si no nos detuviera un reparo muy considerable. Hannos motejado algunos, que cortamos nuestras historias de repente, dejando al lector en la ignorancia del paradero de aquellos personajes con que le habíamos hecho trabar conocimiento. A esto podríamos contestar, que nadie pregunta por el jilguero que cantó al pie de su ventana al romper el alba: canta, amanece y echa a volar sin dejar rastro en el aire. Algo de esto contestaba Schiller a los que querían saber la suerte de Thecla; mas como nosotros no somos

Schiller, ni nuestros personajes son ruiseñores, ni tampoco jilgueros, sino seres de carne y hueso con que puede tropezar el lector a cada paso, cuando menos lo piense, preferimos complacerle, dando noticias detalladas de nuestros principales héroes.

Los Condes de Pineda residen en la actualidad en Berlín, en cuya embajada desempeña Pepito un alto puesto. Tienen un hermoso niño, que ha acariciado muchas veces el viejo emperador Guillermo, complaciéndose en oírle balbucear el alemán con su biznieto el actual Komprinz Federico.

Don Recaredo y Rosita Piña murieron ambos, víctima el uno de sus corteses entusiasmos, víctima la otra de una indiscreción de su fervor religioso.

Hemos dicho en otro libro, que el mecanismo de la vida de D. Recaredo giraba sobre dos polos opuestos: su horror a los constipados y su amor a la cortesía. Para conciliar estos dos extremos sobre su pelada cabeza, había discurrido el vate ponerse para recorrer las calles una peluca, que dejaba a cubierto su cabeza, cuando a cada instante echaba a voltear el sombrero a todos los vientos.

Mas súpose un día la vuelta a España de cierta augusta desterrada por quien tuvo siempre don Recaredo el más leal entusiasmo. La regia proscripta debía de llegar a Z.** y la multitud invadía la estación de bote en bote. Don Recaredo, de rigurosa etiqueta vestido, luciendo en el ojal la cruz de Carlos III con que pocos meses antes le habían condecorado, poníase sobre las puntas de los pies, para saludar aunque sólo fuese desde lejos a la augusta dama. Extendíase la vía solitaria entre frondosas huertas, brillando a lo lejos los rails con reflejos de plata. De repente sonó un estridente silbido, y apareció en ella una máquina exploradora: dos minutos después precipitábase en la estación el tren regio, cubierto de banderas españolas que agitaba el cierzo de Marzo entre torbellinos de negro humo, dando resoplidos como un monstruo engalanado, que llegara presuroso a una fiesta de Titanes...

Una salva formidable saludó desde la batería próxima a la desterrada que volvía a la patria; diez músicas rompieron a un mismo tiempo en los majestuosos acordes de la Marcha real española, y un viva inmenso, atronador, espontáneo, fue a ensordecer los oídos, no del todo desmemoriados de la augusta señora... Aquel vértigo contagioso envolvió a D. Recaredo en su torbellino, haciéndole olvidar sus prudentes precauciones: quitose con una mano el sombrero y con otra la peluca, y agitando ambos trofeos en el aire, gritó tambaleándose:

-¡Vivaaaa!!...

¡Infeliz vate!... Una racha colada de aire, traidora, fría, lenta, pasó en aquel momento sobre su pelada cabeza. Don Recaredo sintió el helado beso de la pulmonía sobre su cráneo sudoroso: encogió el cogote, cerró los ojos, inclinó la cabeza, y ya no volvió a levantarla... Ni aun tuvo tiempo de dictar su epitafio: exánime llegó a su casa, confesose cristianamente, recibió con tranquilo fervor los demás sacramentos, y tres días después le borraba la muerte del número de los vivos, y el Director de Rentas Estancadas de la nómina de empleados. La ingratitud le borró a su vez de la memoria de sus amigos. ¡Sólo nosotros hemos conservado sus predosos recuerdos!

Causas muy distintas motivaron la muerte de Rosita Piña: organizábase una famosa peregrinación a Roma, y Teresa pudo conseguir de ella que la acompañase a visitar la tumba de los Apóstoles. Rosita Piña aceptó el convite como deslumbrada, sintiendo al preparar su menguada maleta, los temores y las esperanzas, las ansias y los deliquios que debió de sentir Sebastián Elcano al embarcarse en La Victoria para dar la vuelta al mundo.

Una vez en Roma, desaparecieron sus miedos, y excitada por los piadosos incentivos de la Ciudad Eterna, dejose llevar sin rienda alguna de lo que llamaba Pepita Ordóñez su vicio de corretear iglesias. Tocole una tarde visitar el histórico templo de San Pablo di tre fontana, extramuros de Roma, donde se conservan las tres fuentes milagrosas que brotaron al rodar por el suelo en tres saltos la cabeza de San Pablo. Rosita Piña midió la capacidad de su estómago por la inmensidad de su fervor, bebiéndose en cada fuente un pimporro de tal calibre, que llegó a su casa hidrópica del todo: declarósele un cólico de mala especie, y en dos días llegó a las puertas de la muerte.

Teresa y el P. Rodríguez, que dirigía un grupo de la peregrinación, no se separaban de su lado. En el dintel de lo eterno, recorrió aquella alma sencilla su largo pasado, y sólo una culpa encontró que le causara remordimientos; había bordado en el año 15 unos tirantes para Riego, y quizá, quizá pudo contribuir con esto a la propagación de los errores liberales que tanto afligían a la Iglesia.

-¡Calla, viejecilla! -le dijo el P. Rodríguez sin poder contener ni la risa ni las lágrimas. Verás qué zarpazo das en la gloria...

La viejecilla sonrió, y sonriendo también el Ángel de su guarda, se la llevó al cielo.

Pepita Ordóñez vive todavía, sigue soltera, y está muy gorda, atrozmente gorda. No hace todavía un año diose un baile de trajes en cierta casa muy conocida, y Pepita se presentó con un estrambótico vestido de pastora,

-¿Pero qué traje es ése? -preguntó uno.

-¿Pues no le ves?... De zagala que acaba de devorar a su rebaño.

-No, señor -dijo entonces una dama famosa por su punzante sátira-. Ese traje es de soltera descontenta del oficio...

Lo que antes dijimos, se cumplió en Pepita. Ninguna reina de salón ha sido nunca ángel de ningún hogar...

FIN